图书在版编目（ＣＩＰ）数据

贺敬之诗歌精选 / 贺敬之著 . -- 西宁 : 青海人民
出版社 , 2020.5
（时代记忆文丛）
ISBN 978-7-225-05963-1

Ⅰ.①贺… Ⅱ.①贺… Ⅲ.①诗集－中国－当代
Ⅳ.① I227

中国版本图书馆 CIP 数据核字 (2020) 第 081728 号

时代记忆文丛

贺敬之诗歌精选

贺敬之　著

出 版 人　樊原成
出版发行　青海人民出版社有限责任公司
　　　　　西宁市五四西路 71 号　邮政编码：810023　电话：（0971）6143426（总编室）
发行热线　（0971）6143516 / 6137730
网　　址　http://www.qhrmcbs.com
印　　刷　陕西龙山海天艺术印务有限公司
经　　销　新华书店
开　　本　890 mm × 1240 mm　1/32
印　　张　7.75
字　　数　200 千
版　　次　2020 年 9 月第 1 版　2020 年 9 月第 1 次印刷
书　　号　ISBN 978-7-225-05963-1
定　　价　52.00 元

时代记忆
文 丛

贺敬之诗歌精选

贺敬之 著

青海人民出版社

总　序

"人民文学"的传统在当代

李云雷

　　20世纪中国最重要的事件是中国革命和改革开放，中国革命的胜利使中国彻底摆脱了半殖民地半封建社会，获得了民族独立，"中国人民从此站起来了"；改革开放的成功则让中国走出了一穷二白的状态，奠定了民族复兴的基础。在21世纪的今天，我们正走在中华民族伟大复兴的征程上，当回望20世纪的时候，我们应该感激与铭记中国革命与改革开放，或许我们身在其中并不觉得有什么特别，但是放眼世界我们就会发现，并不是所有国家的革命都能够获得胜利，在20世纪末仍大体保持着19世纪末古老帝国版图的，只有中国；也并不是所有国家都能够进行改革开放，都能够取得改革开放的成功，或者说能够顺利推进改革开放并使国势国运日趋向上的，也只有中国。中国革命和改革开放是20世纪中国最重要的遗产，也是我们在21世纪不断开拓进取、实现民族复兴最重要的根基。

"人民文学"是在中国革命的进程中产生，并对中国革命、建设、改革产生重要影响的文学。在这里，我们所说的"人民文学"是一种泛指，在不同的历史时期曾被称为"革命文学""解放区文学""十七年文学"等，又在不同的理论视域中被命名为"左翼文学""社会主义文学""红色文学"等，"人民文学"的概念既是对上述各种称谓的通约性表达，也是在新的历史语境中的一种通俗性表达。"人民文学"与20世纪中国革命紧紧联系在一起，既是20世纪中国革命组织、动员的一种方式，也是其在文化上的一种表达。"人民文学"的重要性体现在它在转变观念、凝聚情感、社会动员与组织，以及寓教于乐等方面所发挥的作用。在1940—1970年代，中国内忧外患不断，生产力低下，群众的识字率较低、知识文化水平贫乏、娱乐方式简单，"人民文学"在那时起到了独特而重要的作用。作为一种文化政治传统，"人民文学"伴随20世纪中国革命以及建国后的社会主义建设实践而逐渐生成，并以不同方式在改革开放的历史语境中延续和变迁，它直接参与和内在于现代中国的进程，发挥着独特的革命文化能量，进而建构了新的社会主义文化经验和价值传统。

"人民文学"在1940—1970年代的中国文学界曾占据主流，但在改革开放的历史新时期，对"人民文学"的评价却发生了分歧与分裂，其中既有20世纪80年代、90年代和21世纪初等不同时期的差异，也有国家、文学界、知识界等不同层面的差异，以下我们对这些分歧简单做一下勾勒，并对"人民文学"在新时代的状况做出分析。

在20世纪80年代，伴随着对"文革文学"的批判与反思，中国文学进入了一个繁荣发展的新时期，文学思潮层出不穷，从"伤痕文学""反思文学"到"改革文学""知青文学"，再到"寻根文学""先锋文学"，获得解放的文学释放出无穷的活力。在政治层面，中国进入了一个思想解放的时期，文艺政策也从"为政治服务"调整为"为人民服务，为社会主义服务"。在知识界，则发生了一场声势浩大的新启蒙运动。文学上的种种变化，被后来的文学史家概括为从"一体化到多元化"的转变，所谓"一体化"是指"人民文学"从1940年代到1970年代逐渐占据主流、成为主体，并趋于激进化的过程，而"多元化"则是指"一体化"因"文革文艺"的泡沫化而终止，逐渐走向开放、多元的过程。在这一历史时期，曾被激进的"文革文艺"压抑的其他文艺派别获得了重新评价，这些文艺派别既包括左翼文学内部的周扬、冯雪峰、胡风等人的文艺理论，丁玲、赵树理、孙犁、路翎等人的小说，也包括左翼文学之外的其他派别，比如自由主义文学、新月派、京派文学，等等，但在80年代，所谓"多元化"仍有其边界，大致限于"新文学"的范围之内，但这要到时代的进一步发展之后才能为我们知悉。1980年代的文学大致以1985年为界，呈现出迥然不同的样貌，在1985年之前，左翼文学与现实主义仍然占据主流，而在1985年之后，先锋文学与现代主义蔚然成风，逐渐占据了文学界的主流，而这则伴随着文学评价标准的重大变化，那就是从革命化到现代化、从人民文学到精英文学的转变。在这一过程中，以"重写文学史"的兴起为标志，对"人民文学"的评价逐渐走低，以"写什么和怎么写"的讨论为中心，对现实主义作品的评价也逐渐走低，或许在一个渴望转变与新异的时代，这样的变化也是难免的，要等到一个新的时代，我们才能对之进行客观冷静的评价。

在1990年代，市场化大潮席卷而来，文学界与知识界也产生了分化与争论。1993年、1994年发生的"人文精神大讨论"突显了作家与知识分子面对市场大潮的分歧，一些作家与知识分子热烈拥抱市场化与世俗化大潮，而另一些作家与知识分子则在市场大潮中坚守道德理想，或者坚守个人的岗位意识。与此同时，大众文化迅速崛起，影视与流行音乐逐渐占据了文化领域的中心位置，文学的位置开始边缘化。在文学界内部，伴随着金庸、琼瑶等通俗小说的流行，以前备受"新文学"压抑的通俗文学获得了重新评价的机会，从鸳鸯蝴蝶派到张恨水，从还珠楼主到港台新武侠，都获得了前所未有的关注。"多元化"的发展突破了"新文学"的界限，而逐渐开始向通俗文学、流行文学开放，文学评价的标准也逐渐向是否能够畅销，是否能够获得市场与读者的认可转移。在这样的潮流中，"新文学"的传统趋于边缘化，"人民文学"则处于边缘的边缘。但是在知识界，也出现了重新评价左翼文学的"再解读"思潮，他们从现代化、现代性的视角重新审视左翼文学的经典作品，对之做出了与革命史视野不同的阐释，不过这种解读更多借助于西方的"市民社会""公共空间"等理论资源，其中不乏深刻的洞见，但也有凿枘不合之处。发生在1997年、1998年的"新左派与自由主义论争"，显示了80年代新启蒙知识分子的分裂，他们在如何认识中国、如何评价中国革命、如何看待中国与世界等诸多问题上产生了深刻分歧，自由主义者更认可西方的普世价值与世界体系，但是新左派借助于新的理论资源，更认可中国道路的主体性与独特性。这一论争是20世纪最后一场思想论争，也是迄今为止影响最大的思想争鸣，这一论争主要发生于人文领域，其中很少看到文学知识分子的身影。但这一论争涉及对中国革命与红色经典的评价问题，也为人们重新认识红色文学打开了新的视野。

在21世纪最初10年，市场化大潮与大众文化的深刻影响仍在持续，但是在文学界内部，又出现了新的因素，那就是网络文学的迅速崛起，网络文学借助新的媒体形式，形成了一种新的文学生产、传播与接受方式，也形成了一种新的文学观念与文学模式。在观念上，网络文学打破了"新文学"以来的文学内涵，"新文学"将文学视为一种严肃的精神或艺术上的事业，无论是左翼文学、自由主义文学、"为艺术而艺术"，还是"改革文学""先锋文学""寻根文学"，中国现当代文学史上彼此相异与争论的诸多文学思潮，其实都分享着这样共同的文学观念，但是网络文学的出现却改变了这一共识，网络文学重视的是文学的消遣、娱乐、游戏功能，并将之推向了极致，而不再注重文学的教化、启迪、审美等功能，这极大地改变了文学的定位与整体格局。网络文学的盛行催生了穿越、玄幻、盗墓等不同的类型文学，并逐渐形成了一整套成熟的商业模式。与此同时，在更加市场化的环境中，通俗文学占据了越来越多的市场份额，"新文学"与"人民文学"的传统被进一步边缘化，主流文学界只有依靠体制的力量——作协、期刊、出版社——才能够生存下来。在这种情形之下，"底层文学"作为一种新的文艺思潮兴起，对80年代以来日趋僵化的"纯文学"及其体制进行了批判与超越，在文学界与社会各界引起了广泛关注。有论者将"底层文学"与"人民文学"的传统联系起来，但围绕这一议题也发生了分歧与争论，纯文学论者竭力贬低底层文学与"人民文学"的传统，但更年轻的一代研究者对之则持更为积极的态度。在文学研究界同样如此，新世纪以来，"左翼文学""延安文艺""十七年文学"逐渐成为文学界关注与阐释的热点问题，更年轻的学者倾向于从肯定的视角重新阐释"人民文学"及其经典作家作品，但他们的努力常被主流文学界视为异端与另类。

在21世纪第二个10年之初，市场化与大众文化进一步发展，网络文学及其商业模式则更趋于成熟，逐渐形成了"三分天下"的整体文学格局，即纯文学（严肃文学）、畅销书、网络文学三者各据一隅，纯文学（严肃文学）以期刊、作协、评奖为中心，畅销书以出版社与经济效益为中心，网络文学以点击率与IP改编为中心，各自形成了一套相对独立的文学运转与评价体系。但在2014年，这一整体格局开始发生转变。2014年及其之后，习近平总书记发表《在文艺座谈会上的讲话》等一系列关于文艺问题的重要论述，这是继毛泽东《在延安文艺座谈会上的讲话》之后，我党最高领导人首次系统阐释对文艺问题的观点，讲话所提出的"坚持以人民为中心的创作导向""文艺不要做市场的奴隶""创作是自己的中心任务，作品是自己的立身之本"等观点，继承了我党"文艺为人民服务，为社会主义服务"的优秀传统，又对文艺界出现的新问题、新现象、新经验做出了分析与判断，为新时代文艺的发展指明了方向，已经改变了并将继续改变文学界的整体格局。

改变之一，是"人民文学"的传统得到弘扬。自20世纪80年代中期以来，"人民文学"传统先后遭遇"先锋文学"、通俗文学、网络文学等巨大变革的挑战，日渐趋于边缘化，虽曾以"底层文学"的名义短暂复兴，而并没有得到主流文学界的认可，但"以人民为中心的创作导向"提出之后，极大地扭转了文学界的整体状况，"人民文学"传统受到重视，红色文学的经典作品也得到重新阐释与更大范围的认可。

改变之二，是"新文学"的观念得以传承。中国的"新文学"虽然有内部不同派别的论争以及不同历史时期的巨大断裂，但却都将文学视为一种精神或艺术上的事业，这一点与通俗文学、类型文学注重消遣娱乐有着本质的不同，习近平总书记系列讲话中将作家艺术家视为"灵魂的工程师"，将文艺视为中华民族伟大复兴进程中的重要力量，指出"文艺是时代前进的号角，最能代表一个时代的风貌，最能引领一个时代的风气"，在这一基点上鼓励探索与创新，这是对新文学观念与传统的认可、尊重与倡导。

改变之三，是"三分天下"的格局得以改观。"三分天下"是各自形成了一套相对独立的文学运转与评价系统，但习近平总书记系列讲话是对文艺界整体讲的，也是对文学界整体讲的，不仅包括纯文学（严肃文学）界，也包括通俗文学、网络文学等领域，目前通俗文学、网络文学领域已经发生了巨大的变化，比如官场小说的转型、科幻小说的兴起，以及网络小说更加关注现实题材，更加注重现实主义等，"三分天下"的格局有望在相互竞争与争鸣中形成一种新的、开放而又统一的评价体系。

但是从另一个角度来说，现在的改变仍然只是初步的，一个突出的表现是《创业史》等人民文学的经典作品虽然得到了国家与政治层面的推崇，也得到了知识界愈发深入的研究，但是在主流文学界并没有内化为重要的写作资源与参照，很多作家心目中的理想作品仍然是中国古典、俄苏19世纪批判现实主义以及欧美20世纪现代派作品，并未真正将"人民文学"作为自己可资借鉴的重要传统；另一个突出表现是习近平总书记《在文艺座谈会上的讲话》发表已经5年，但并没有真正出现"以人民为中心的创作导向"的经典作品，现有的艺术性较高的优秀作品并没有坚持以人民为中心的创作导向，而有些试图坚持以人民为中心的创作导向的作品则在思想性、艺术性上存在不少缺憾，并没有达到更高层次上的融合与统一。这似乎也很难归咎于作家努力得不够，一个人思想观念的转变是艰难的，而新时期以来"人民文学"及其传统的不断边缘化，红色文学被贬低几乎成为文学界的集体无意识，要转变这样的观念，需要我们做出更加艰苦的努力。

在今天，我们需要在新的时代背景下重新认识"人民文学"的合理性与历史经验，重新梳理新中国前三十年与后四十年文学的关系，重新理解文学与人民、时代、生活的关系，面对 21 世纪正在渐次展开的历史，我们应该从"人民文学"中汲取理想主义等稀缺性精神资源，从而创造中国文学新的未来。

在这种情况下，青海人民出版社编辑出版的《时代记忆文丛》显示了历史性与前瞻性的眼光，将对重新认识和发掘"人民文学"的精神资源，传承"人民文学"的优秀传统产生重要影响。此套丛书邀请前沿学者或熟谙作品的作者子女选编人民文学代表作家的代表作品，选编丁玲、贺敬之、郭小川、李季、艾青、臧克家、赵树理、孙犁、田间、李若冰等经典作家。每种选编作品前置有一篇序言，系统介绍作家生平、创作，梳理关于他们的研究史与评价史，既有历史与文学价值，也具有新时代的眼光与视野，可以让我们看到这些文学前辈是如何在与时代、人民、生活的融合中进行艺术创作的，他们的经验值得我们借鉴，他们的作品值得我们学习。新时代的中国作家只有自觉地继承"人民文学"的传统，才能在"坚持以人民为中心的创作导向"中大有作为，我们期待这套丛书能够为新时代作家的艺术创作提供可资借鉴的资源，也期待这套丛书能受到广大读者的喜爱与欢迎。

2019 年 10 月 28 日

序

为新诗立初心 为初心留韵律

鲁太光

从中学时初次接触，到后来多次诵读，贺老的诗作，从来没有像这次重读一样，感动这么强烈。我不止一次感到，自己诵读的，仿佛不是一位名扬海内外的老诗人的诗作，而是一位年轻歌手发出的青春歌唱。不仅读他初到延安时写下的少年之作，能够感受到这种青春的气息；读他建国后写下的青壮之作，能够感受到这种青春的气息；读他新时期之后写下的慷慨之作，能够感受到这种青春的气息；就是读他在古稀甚至耄耋之年写下的新古体诗，读他的《富春江散歌》《咏南湖船》《怀海涅》等，依然能够感受到这种青春的气息。而且这种青春的气息一脉相承，彼此贯通，给人以极其鲜明的艺术印象和强烈的情感冲击。所以如此，是因为诗人始终坚持共产党员的政治信仰，始终追求共产主义的远大理想。这坚持和追求使他初心不老，诗心常青。是的，今日重读，贺老诗作最打动我的，就是他追求人民幸福、民族复兴、世界大同的共产主义初心和诗心。

贺老经历过旧中国的岁月，目睹过"人们在命运的鞭子下 / 流浪，/ 死亡……"[1] 的惨状，但黑暗越浓重，对光明的期盼也越急切。"在没有休止，/ 没有休止的夜里"，诗人"一直用那赤热的期待，/ 期待天明呀！"[2] 由是，追寻成了年轻时诗人的自觉行动。从家乡山东枣庄到湖北均县，到四川梓潼，再从四川梓潼到西安八路军办事处，直到 1940 年"七一"建党节前后，他随同徐特立等一批领导和干部，一起乘军用卡车抵达信仰之城延安，这苦苦的追寻才告一段落。

虽然到达延安时还不满 16 岁，但年轻的诗人早已看遍世间寒凉，因而一进入这崭新的世界，他就被深深地吸引住了。多年后，在长篇政治抒情诗《放声歌唱》中，他还栩栩如生地回忆这温暖的细节：初到延安的他，推开窑洞的门，寻找干部处，一位老革命热情地欢迎了他，指导他在登记表上写上自己的名字、履历，叮嘱他一会到管理员那里去领碗筷、军装，还善意地提醒他，要领"三号"军装，"不过裤脚 / 还得卷起……"[3] 这细致的叮嘱，像早春的阳光一样，温暖了他的心，照亮了他的眼，让他看清了"太阳从哪边出来！/ 花朵 / 是在哪里开！"[4] 激励他做"太阳的孩子"。对诗人来说，1941 年 6 月 23 日绝对是一个值得铭记的日子，这一天——苏德战争爆发的第二天，他加入了中国共产党，他"真正的生命 / 就从 / 这里 / 开始——"从此，"即使有 / 再凶恶的病毒 / 向我扑来，/ 也不会 / 把我 / 摧毁！"[5] 可以说，自此，他的诗心就与初心完美地融为一体；

① 贺敬之：《北方的子孙》，《贺敬之文集》第 1 卷，作家出版社，2005 年，第 7 页。
② 贺敬之：《夜二章》，《贺敬之文集》第 1 卷，作家出版社，2005 年，第 13 页。
③ 贺敬之：《放声歌唱》，《贺敬之文集》第 1 卷，作家出版社，2005 年，第 338 页。
④ 贺敬之：《雪，覆盖着大地向上蒸腾的温热》，《贺敬之文集》第 1 卷，作家出版社，2005 年，第 70、71 页。
⑤ 贺敬之：《放声歌唱》，《贺敬之文集》第 1 卷，作家出版社，2005 年，第 339 页。

自此，"我面对你呵，我的大地／如同向日葵对于太阳一样真诚不二。"①
诗人是这么宣誓的，也是这么践行的，一面倾情革命，一面以笔为旗，写
下了大量为民族解放、人民解放而鼓与呼的炙热诗文，尤其是作为文学剧
本的主要执笔者创作了歌剧《白毛女》，以一曲"北风吹"，清算了旧中
国的无尽罪恶，又以一曲"太阳出来了"，唤醒了东方大地上的无边朝霞。

新中国成立后，由于实际工作繁忙，由于长期患病住院治疗，也由
于苦心探索用新的艺术形式书写新中国、歌唱新中国，有几年时间，诗人
鲜有诗作问世。但真正的夜莺是不会永远沉默的。1956年，他回延安参
加西北五省（区）青年造林大会，重回"母亲"怀抱的激动之情，冲决了
诗人封闭的心怀，一曲《回延安》再次唱遍大江南北、长城内外，诗人那"社
会主义路上大踏步走"②的火红诗心、初心再次感染了亿万中国人。由此，
他一发而不可收，走笔中国，歌咏华夏，写下了系列名篇：1956年"七一"
前夕，写下了1800行的长诗《放声歌唱》，为中国赋新形；1958、1959年，
写下了《三门峡歌》《桂林山水歌》，为中国画新颜；1963年，写下了《雷
锋之歌》《西去列车的窗口》，为中国唱新人。这些诗作，开一代诗风，将
社会主义文艺推向政治抒情诗的高峰，响亮地回答了党的文艺工作者在建
设时期如何坚守自己初心的时代之问："我的工作：／为祖国／劳动／和歌唱，
／我的誓词：／'为共产主义／奋斗／到底！'"③

正像毛泽东同志在党的七届二中全会上郑重告诫全党所说的那样：
"中国的革命是伟大的，但革命以后的路程更长，工作更伟大，更艰苦。"
因而全党务必"继续地保持谦虚、谨慎、不骄、不躁的作风"，务必"继

① 贺敬之：《我走在早晨的大路上》，《贺敬之文集》第1卷，2005年，第83页。
② 贺敬之：《回延安》，《贺敬之文集》第1卷，作家出版社，2005年，第290页。
③ 贺敬之：《放声歌唱》，《贺敬之文集》第1卷，作家出版社，2005年，第331页。

续地保持艰苦奋斗的作风。"①诗人敏锐地意识到这一主题的重大，因而创作中在为祖国旧貌换新颜而欣喜、歌唱的同时，也不忘提醒自己，提醒每一位党员，提醒共和国的每一位公民："我们共和国的道路／并不是／一马平川，／前面，／还有望不断的／千沟万壑，／头上，／还会有／不测的风雨……"②并由此发出深刻的历史之问："人，／应该／怎样生？／路，／应该／怎样行？……"③他看到，腐蚀党的初心的"病毒"已然出现。不是已经有人闭上眼睛看见天下太平了吗？不是已经有人反感别人用革命、人民的声音打搅他们正酣的酒兴、正浓的睡意吗？不是有人已经发出了"——今天的生活／已经不同了呀，／需要另外／开辟途径……"④的声音吗？面对这迷醉之音、糊涂之词，诗人给出了最坚定的回答："叫我们／那样活着吗？／不行！／不行！／不行！／因为我是／站在／不倒的红旗下，／前进在／从井冈山出发的／行列中！"与热情礼赞一样，这样的思考与回答，也是初心的诗意显现。

不了解情况的人，或许以为年少成名的贺敬之建国后一帆风顺，心情舒畅，所以才能够放声歌唱。实际上，这不仅是对贺敬之诗心的误解，也是对他初心的误解。用贺敬之自嘲的说法：他也是一个"'老运动员'——老是被'运动'的人员。"建国后的历次政治运动——1951年文艺界整风、1955年反胡风、1957年反右派、1959年反右倾，他场场不落，都是被批判或被斗争。⑤《放声歌唱》就是在他因与胡风的关系受批判背着处分时写的。时穷节乃现，疾风知劲草！这些在困厄、挫折中写下的昂奋诗行，

① 毛泽东：《在中国共产党第七届中央委员会第二次全体会议上的报告》，《毛泽东选集》第四卷，人民出版社，1991年，第1438、1439页。
② 贺敬之：《放声歌唱》，《贺敬之文集》第1卷，作家出版社，2005年，第352页
③ 贺敬之：《雷锋之歌》，《贺敬之文集》第1卷，作家出版社，2005年，第458页。
④ 贺敬之：《雷锋之歌》，《贺敬之文集》第1卷，作家出版社，2005年，第463、464页。
⑤ 贺敬之：《风雨答问录》，《贺敬之文集》第6卷，作家出版社，2005年，第312、325页。

更彰显了诗人初心的真粹。不过，无论对他个人来说，还是对我们的党、国家和人民来说，更大的考验还在后边。"文革"开始后，诗人被"长期下放，监督改造"，他那写下了许多闪亮诗行的笔，也只能用来写检讨了。可是，与许多人，包括一些党员，甚至老革命，经历这一劫难后就意志消沉，把"我不相信"当作座右铭不同，诗人一面对"文革"期间党、国家和人民遭受的苦难进行深刻反思，另一面却始终不改对党、国家和人民的炽热真情，因而"文革"一结束，他就"慷慨赋新章"，写下了《中国的十月》，在"悲泪和喜泪交流的十月"，做出了今日之中国又一次响亮的回答："我们的党啊／大有希望！／社会主义／大有希望！"[①]在当时一片哀歌的伤痕语境中，这种历劫不悔的信仰之声，无疑更深沉，也更动人。

进入改革开放的新时期之后，贺敬之创作的新诗较少。有人以为他担任宣传文化战线的领导职务后事务繁忙，无暇作诗。这样的揣测有一定道理，却并非事实全部。纵观贺敬之的诗作，会发现一个有意思的现象——在重要的时间节点，他的诗风都会有所转换，而在转换之前，一般会有一段沉寂期。实际上，这段沉寂期往往是诗人自觉调整诗思、诗情、诗感、诗意，尤其是诗艺的关键阶段。就像新中国成立后，经过一段时期的沉寂，他以《放声歌唱》《雷锋之歌》等发出了时代的最强音一样，这一次依然如此。虽然诗人对共产主义的信仰一如既往，但一方面，诗人那曾被老红军抚摸过的头顶"如今已被／白发侵袭"[②]，已过知天命之年的诗人，尤其是经历了"文革"考验的诗人，很难再像建国初年那样抒写了；另一方面，新时期之后诗人长期担任宣传文化战线领导，所观更广，所感更多，所思更深，原有的形式已很难容纳其所思所虑。就是说，诗人又到了艺术创新

① 贺敬之：《中国的十月》，《贺敬之文集》第1卷，作家出版社，2005年，第528、532页。
② 贺敬之：《"八一"之歌》，《贺敬之文集》第1卷，作家出版社，2005年，第536页。

的关键时刻。现在我们已经知道，这创新成果，就是新古体诗。这一艺术形式，诗人早有试作，但直到八十年代之后，才成为他主要的诗歌体式。

这些新古体诗最打动笔者的，仍是其火热的初心。这首先体现在诗人对新时期以来，特别是改革开放以来中国所取得的成绩的礼赞上。八十年代中期后，因为工作关系，诗人走访了中国许多地方，虽有时脚步匆匆，但大都有诗作留下。细读就会发现，改革开放为中国带来的崭新变化深深地打动了诗人，使他"情蘸南海如泼墨，写我百年两腾飞"[1]，写下了《咏烟台》《咏长岛》《访深圳蛇口区》《宿大鹏湾小梅沙》等新古体诗佳作。这些诗歌中的豪情与诗意，不逊于其建国后的"歌唱"之作。但正如我们上文提到的，诗人在为社会主义革命、建设所取得的成绩放声歌唱时，也始终保有忧患意识，对这一过程中出现的问题以艺术的方式进行反思、批评，以期改进。在新时期，诗人依然如是，在为改革开放所取得的成绩尽心歌呼的同时，也注意到影响改革开放、社会主义事业健康发展的不利因素。二十世纪八十年代末、九十年代初，正是社会主义事业在全球范围遭遇巨大挫折，中国改革开放事业遭遇严重干扰的时期，作为一位从延安成长起来的老党员，作为宣传文化战线上的一位领导，作为一位赤诚的革命文艺家，贺敬之受到的冲击自然是多方面的，其感受自然也格外复杂。1991年底，贺敬之身患重病，正在医院等待手术方案时，听到了苏联解体、红旗落地的苦涩消息。多年后谈及此事，他还难以自已，用深情的语言回顾自己与柯岩听到这消息时的沉重心情及所思所想："一起面对着远在万里之外那面落地的红旗，又一起面对着近在咫尺的天安门广场上正在飘扬的红旗，你一定想象得出：我们想的是什么，谈的是什么……向来不失眠的我，那几天几乎是彻夜地难以合眼。我眼前总像是流着延河的水，流着

---

[1] 贺敬之：《访桂山岛》，《贺敬之文集》第2卷，作家出版社，2005年，第113页。

黄河的水,情不自禁地低声哼唱着《白毛女》,又哼唱着《黄河大合唱》……你会设想到,我想的是什么。"①

在这痛定之言中,我们依然能够感受到诗人的深切忧患。这样的忧患,是诗人这一时期诗作的又一主题。随着改革开放深入,国家经济迅速发展,人民生活极大改善,这都令人欣喜,但思想文化领域却出现了一些令人忧心的现象,诗人在建国初就警惕的忘记共产主义初心、告别革命的言行此时竟成为潮流,忘记共产主义初心、沉迷于个人主义"酒杯""梦境"竟成为时好,忘记共产主义初心、对于"梅花的枝条上,/会不会有人/暗中嫁接/有毒的葛藤"这样的问题更是鲜有人思考。面对这样的现实,如何实现物质文明和精神文明两手抓就成为一个重要的课题。贺敬之这一时期的诗作,在歌颂我国物质文明取得的巨大成就之时,更为精神文明建设放声疾呼,吁请既要"开怀尽纳五洋水",又要"炯目长龙善澄污"②,更要"不令儿辈朱颜改"③。对当时的错误思潮,诗人更是以笔为刃,予以戟刺。比如,对八十年代后期《河殇》流行,企图以"蓝色文明"取代中华民族传统文化和社会主义文化的论调,诗人壮怀激烈,做出了"共叙河山腾飞愿,谁听改色变蔚蓝?榴花尽染先烈血,熠熠红旗识故园"④的响亮回答。

正如诗人自陈,其新古体诗中,"既有我之所思,也就不能不有我之所信。"⑤是的,在这历史紧要关头,尽管有人怀疑自己的初心,甚至告别自己的初心,但贺敬之却"信无稍移",一再回归自己的初心,宣示自己的初心,写下了许多寄魂日月、托望未来的杰作。细读诗人这一时期的诗作就会发现两个明显的特点:一是"心",特别是"红心""赤心""大心"

① 贺敬之:《风雨答问录》,《贺敬之文集》第6卷,作家出版社,2005年,第489页。
② 贺敬之:《访黄岛开发区》,《贺敬之文集》第2卷,作家出版社,2005年,第73页。
③ 贺敬之:《咏烟台》三,《贺敬之文集》第2卷,作家出版社,2005年,第85页。
④ 贺敬之:《枣庄行·田园诗》四,《贺敬之文集》第2卷,作家出版社,2005年,第189页。
⑤ 贺敬之:《自序》,《贺敬之文集》第2卷,作家出版社,2005年,第4页。

等词频频出现，成为核心意象，可见诗人初心之坚。二是许多诗作都与南湖和延安相关。这两个地方，一个是我们党确立自己初心的圣地，一个是我们党发展自己初心的圣地，后者还是诗人入党时的宣誓之地。诗人一再在诗中回归这两个地方，就是一再确认自己"延安人""南湖人"的身份，同时向世人宣示自己"生，一千回，/ 生在 / 中国母亲的 / 怀抱里"① 的庄严承诺。

由于爱得真挚，信得赤诚，诗人这时写的诗篇，可谓啼血之作、传心之作，既情感饱满，感人肺腑，又志坚似铁，金声玉振。比如1992年，诗人病后去杭州疗养，期间游览富春江，"目接心会，感奋不已"，写下了《富春江散歌》一组，其中既有"泪如注，心如烛"的悲愤之音，更有"一滴敢报江海信，百折再看高潮来"② 的昂扬之作。联系到苏联解体、东欧剧变的现实，诗人的初心何其坚定。1993年秋，诗人重访少年时奔赴延安的川北故地，写下组诗《川北行》，发出了"百世千劫仍是我，赤心赤旗赤县民！"③ 的至信之语。1997年，诗人已年过古稀，游南湖，触景生情，更写下了这样的诗句："无需问我——/ 鬓侵雪、/ 岁几何？/ 料相知——/ 不计余年 / 此心如昨。"④ 在诗中，诗人既极目历史，追溯既往，又心系当下，瞩目未来，以长者之躯，唱少年心声，志坚情定，风骨尽显，可谓丹心、汗青之作！

笔者之所以梳理诗人不同历史时段诗歌中初心的艺术表现，就是想说明，诗人是在用自己的创作为中国新诗树立初心。事实上，在中国现当代文艺史上，始终就有为中国新诗树立初心的追求与实践，郭沫若、艾青

① 贺敬之：《雷锋之歌》，《贺敬之文集》第1卷，作家出版社，2005年，第446页。
② 贺敬之：《富春江散歌》，《贺敬之文集》第2卷，作家出版社，2005年，第233、234页。
③ 贺敬之：《归后值生日忆此行两见转轮藏》，《贺敬之文集》第2卷，作家出版社，2005年，第266页。
④ 贺敬之：《咏南湖船》，《贺敬之文集》第2卷，作家出版社，2005年，第588、589页。

等可视为早期实践者，而自延安文艺座谈会以来，这一实践成为文艺界主流，佳作迭出，蔚为大观，臧克家、何其芳、李季、阮章竞、郭小川、贺敬之等又是这一主流中的佼佼者。新时期以降，由于中国社会转型，年轻的文艺家往往追随以所谓纯文学为旗号的现代主义文艺理念，也由于一些社会主义文艺工作者要么老去，要么转向，为中国新诗树立初心的文艺实践一度边缘化，可即使在这样艰难的境况下，诗人依然坚持自己的共产主义信仰，写下了大量澡雪精神、梗概多气的新古体诗，使他成为这一流脉中贯穿社会主义革命、建设、改革三个时期的最完整也最杰出的实践者，使其诗歌具有了社会主义诗史的品格。放眼国际，自共产主义学说诞生，就有为文艺树立共产主义初心的追求与实践，因而，贺老的诗作即使在国际范围内也极具代表性。

需要说明的是，贺老的诗歌打动我们的，不仅仅是其共产主义初心，或者说，其理想、信仰之所以能打动我们，还因为他的诗歌中涌动着丰沛的感情。进一步说，他的诗歌中，理想、信仰是从感情中自然生发出来的，而理想、信仰又必然强化了其感情。这种情感与理想、信仰的完美融合产生了高度的艺术性。诗人自己也说，对他而言，"历历往事汇成的不仅是对革命的景仰，而且是有血有肉的亲情"，因而他"愿意披肝沥胆，用生命的每一个强音歌唱革命的胜利，歌唱党和新生祖国的前进步伐"，对他而言，"每写一首诗都是灵魂的重新冶炼，情感的高度释放"。[1] 正是"灵魂的重新冶炼"和"情感的高度释放"，使其作品产生了强大的感染力。现在重读其《放声歌唱》《雷锋之歌》，禁不住感慨，得有多么饱满的情感才能支撑起这样规模空前的长诗！读着"羊羔羔吃奶眼望着妈 / 小米饭

---

[1] 贺敬之：《答〈诗刊〉阎延文问》，《贺敬之谈诗》，人民文学出版社，2004年，第97、98页。

养活我长大"① 这样的诗句，禁不住感慨，这是多么纯粹的感情，又是多么忠诚的信仰！读着"呵，/'我'，/是谁？/我呵，/在哪里？/……一望无际的海洋，/海洋里的/一个小小的水滴"② 这样的诗句，禁不住感慨，诗人是何其的"小"，又是何其的"大"！读着"望红旗落处忆举时，/往事又重阅。/此情此心/能不问海燕、思海涅？！"③ 这样的诗句，禁不住感慨，诗人的心有多重，思就有多远！把所有这些诗句连起来读，我们更是感慨，这是一条情感的长河，理想的长河，信仰的长河，这条长河从延河发源，流向黄河，流向长江，流向莱茵河，流向塞纳河……最后，流进一切追求社会主义、共产主义者的心河，让他们不忘来路，勉力前行！

最后，笔者还想谈谈贺敬之的诗艺。在笔者看来，诗人不仅以自己的诗作为中国新诗树立了共产主义初心，而且他还为这初心留下了独特的韵律，即诗人以自己的诗作为中国革命、建设、改革赋形，且在每一时段都取得了卓异的艺术成就。这既是诗人才华的自然显现，但更是诗人苦心孤诣追求的结果。这一点，在他早期的诗歌中就有很好的表现，他写于延安的《生活》等诗就已把延安阳光之城的形象完美呈现，但客观地看，集中体现贺敬之诗作艺术成就的还是其政治抒情诗和新古体诗。关于贺敬之的政治抒情诗，笔者只强调一点，那就是在新中国社会主义建设最需要它赋形的时候，贺敬之等继承、发展了这一诗歌传统，创作出来一系列高峰之作，把中国共产党和中国人民"挥汗如雨/工作着——/在共和国大厦的/建筑架上！"④ 的蓬勃形象定格下来。诚如诗人所言，那是一个"水晶般透明、烈火般火热的时代。"⑤ 诗人感应时代精神，写出了这样一批"水

① 贺敬之：《回延安》，《贺敬之文集》第1卷，作家出版社，2005年，第286页。
② 贺敬之：《放声歌唱》，《贺敬之文集》第1卷，作家出版社，2005年，第327页。
③ 贺敬之：《怀海涅》，《贺敬之文集》第2卷，作家出版社，2005年，第618页。
④ 贺敬之：《放声歌唱》，《贺敬之文集》第1卷，作家出版社，2005年，第318页。
⑤ 贺敬之：《答〈诗刊〉阎延文问》，《贺敬之谈诗》，人民文学出版社，2004年，第99页。

晶般透明""烈火般火热"的诗作，使之成为其时最打动人心的公共文本、经典形式。

相较于政治抒情诗，对其新古体诗的研究较少，尤其是形式研究。之所以如此，一方面是因为自上世纪九十年代之后文学逐渐边缘化，但另一方面恐怕也是因为对这一新的诗歌体式无法把握，因而对其重要性缺乏认识。在笔者看来，诗人的新古体诗是中国新时期，尤其是八十年代末、九十年代初以来的重要文体。美国当代著名的马克思主义文艺理论家杰姆逊认为，由于第三世界文学在许多显著的地方处于同第一世界文化帝国主义进行搏斗的状态之中，而这种文化搏斗本身就反映了这些国家、地区的政治、经济受到资本社会渗透的现实，因而第三世界国家、地区的文学往往以"民族寓言"的形式表现出来。这一说法对解读诗人的新古体诗有一定的参照价值，即在某种意义上，可以说其新古体诗是八九十年代以来中国的"民族寓言"。诗人在解释自己为什么写新古体诗时指出，"旧体诗固然有文字过雅、格律过严，致使形式束缚内容的一面；但如果不过分拘泥于旧律而略有放宽的话，它对表现新的生活内容还是有一定适应性的。不仅如此，对某些特定题材或某些特定的写作条件来说，还有其优越性的一面。前者例如，从现实生活中引发历史感和民族感的某些人、事、景、物之类；后者例如，在某些场合，特别需要发挥形式的反作用，即选用合适的较固定的体式，以便较易地凝聚诗情并较快地出句成章。"[1]因此，他才"不拘旧律"，写作新古体诗。这段话为我们提供了理解其新古体诗的一个切入点。上文已提到，二十世纪八九十年代转折之交正是社会主义事业在全球范围遭遇重大挫折的时期，甚至连"历史终结"这样的不经之说也成为显学。进而言之，这是中国特色社会主义事业遭遇资本主义全球霸权，尤

---

[1] 贺敬之：《自序》，《贺敬之文集》第2卷，作家出版社，2005年，第2页。

其文化霸权全面围堵的时期，是共产主义者承受巨大压力的时期。在这样的时期，即使像诗人这样坚定的革命文艺家，也要"发挥形式的反作用"，向旧体诗汲取力量，才能发出社会主义的正声，其中艰难可见一斑。这尤其体现在用典上。这些典故把历史与现实、传统与现代巧妙地勾连起来，给人以深刻的启迪。比如《归后值生日忆此行两见转轮藏》中"百世千劫仍是我，赤心赤旗赤县民"一句，不仅将诗人的初心与党旗、与中国古称赤县神州联系起来，而且与毛泽东《浣溪沙·和柳亚子先生》一诗暗和，与"长夜难明赤县天""雄鸡一唱天下白"呼应，可谓思接千载、视通万里，让人在浩瀚时空中思考共产主义事业，既有悠悠古意，更发铿锵新声。

不过，这只是其"寓言性"的一个侧面，其更重要的一面在于，这一形式很好地表现了社会主义是一场漫长的革命的本质属性，即相对于漫长的人类历史而言，相对于共产主义的远大目标而言，其时社会主义遭遇的挫折，可视为资本主义的一次短暂"复辟"，因而以新古体诗这种"仿旧"的形式予以记录，可谓别有深意——这种形式的转换看似后撤，可实际上，它意味着社会主义正蕴蓄更为先进的未来，而社会主义文艺，自然也有着更为宽广的空间，特别是形式空间。可以说，这是八九十年代中国社会主义事业在曲折中展开的真实形式，是共产主义者在历史沉浮中写下的顶天真诗。所以，还是让我们以诗人的一首诗结束这篇学习心得，同时，开启一段真正的寻访之旅——

登岱顶赞泰山

几番沉海底，
万古立不移。

岱宗自挥毫，

顶天写真诗。^①

2020 年 4 月 2 日改定

---

① 贺敬之：《登岱顶赞泰山》，《贺敬之文集》第 2 卷，作家出版社，2005 年，第 159、160 页。

目　录

上　篇：《放歌集》选

下　篇：《心船歌集》选

上篇：《放歌集》选

回延安

一

心口呀莫要这么厉害地跳，
灰尘呀莫把我眼睛挡住了……

手抓黄土我不放，
紧紧儿贴在心窝上。

……几回回梦里回延安，
双手搂定宝塔山。

千声万声呼唤你，
——母亲延安就在这里！

杜甫川唱来柳林铺笑，
红旗飘飘把手招。

白羊肚手巾红腰带，
亲人们迎过延河来。

满心话登时说不出来，
一头扑在亲人怀……

二

……二十里铺送过柳林铺迎，
分别十年又回家中。

树梢树枝树根根，
亲山亲水有亲人。

羊羔羔吃奶眼望着妈，
小米饭养活我长大。

东山的糜子西山的谷，
肩膀上的红旗手中的书。

手把手儿教会了我，
母亲打发我们过黄河。

革命的道路千万里，

天南海北想着你……

三

米酒油馍木炭火，
团团围定炕上坐。

满窑里围得不透风，
脑畔上还响着脚步声。

老爷爷进门气喘得紧：
"我梦见鸡毛信来——可真见亲人……"

亲人见了亲人面，
欢喜的眼泪眼眶里转。

保卫延安你们费了心，
白头发添了几根根。

团支书又领进社主任，
当年的放羊娃如今长成人。

白生生的窗纸红窗花，
娃娃们争抢来把手拉。

一口口的米酒千万句话，
长江大河起浪花。

十年来革命大发展，
说不尽这三千六百天……

四

千万条腿来千万只眼，
也不够我走来也不够我看！

头顶着蓝天大明镜，
延安城照在我心中；

一条条街道宽又平，
一座座楼房披彩虹；

一盏盏电灯亮又明，
一排排绿树迎春风……

对照过去我认不出了你，
母亲延安换新衣。

五

杨家岭的红旗啊高高地飘，
革命万里起高潮！

宝塔山下留脚印，
毛主席登上了天安门！

枣园的灯光照人心，
延河滚滚喊"前进"！

赤卫军……青年团……红领巾，
走着咱英雄几辈辈人……

社会主义路上大踏步走，
光荣的延河还要在前头！

身长翅膀吧脚生云，
再回延安看母亲！

1956 年 3 月 9 日，延安

放声歌唱

一

无边的大海波涛汹涌……
啊，无边的
　　　　大海
　　　　　　波涛
　　　　　　　　汹涌——
生活的浪花在滚滚沸腾……
啊，生活的
　　　　浪花
　　　　　　在滚滚
　　　　　　　　沸腾！
啊啊！是何等壮丽的景象——
我们祖国的
　　　　万花盛开的
　　　　　　大地，

　　光华灿烂的

　　　　天空！

你，在每一天，

　　　　在每一秒钟，

　　都展现在

　　　　我的眼前

　　　　　　和我的

　　　　　　　　心中。

我的心

　　和着

　　　　马达的轰响，

　　　　　　和青年突击队的

　　　　　　　　脚步声，

　　　是这样

　　　　剧烈地

　　　　　　跳动！

我

　被那

　　　钢铁的火焰，

　　　和少先队的领巾，

　　照耀得

　　　　满身通红！

汽笛

　　和牧笛

合奏着，

　　伴送我

　　　和列车一起

　　　　　穿过深山、隧洞；

螺旋桨

　　和白云

　　　环舞着，

　　伴送我

　　　和飞机一起

　　　　　飞上高空。

……我看见

　　　星光

　　　　和灯光

　　　　　　联欢在黑夜；

我看见

　　　朝霞

　　　　和卷扬机

　　　　　　在装扮着

　　　　　　黎明。

春天了。

　　又一个春天。

黎明了。

　　又一个黎明。

啊，我们共和国的

万丈高楼

　　站起来！

它，加高了

　　一层——

　　　　又一层！

来！我挽着

　　你的手，

你挽着

　　我的胳膊，

在我们

　　如花似锦的

　　　　道路上，

　　前进啊

　　　　一程——

　　　　　　又一程！

在每一平方公尺的

　　土壤里，

　　都写着：

我们的

　　劳动

　　　　和创造；

在每一立方公分的

　　空气里，

　　都装满

我们的

　　欢乐

　　　　和爱情。

社会主义的

　　美酒啊，

　　　　浸透

　　　　　　我们的每一个

　　　　　　　　细胞，

　　　　　　和每一根

　　　　　　　　神经。

把一连串的

　　美梦

　　　　都变成

　　　　　　现实，

而梦想的翅膀

　　又驾着我们

　　　　更快地

　　　　　　飞腾……

啊，多么好！

　　我们的生活，

　　　　我们的祖国；

啊，多么好！

　　我们的时代

　　　　我们的人生！

让我们

　　放声

　　　　歌唱吧！

　　大声些，

　　　　大声，

　　　　　　大声！

把笔

　　变成

　　　　千丈长虹，

　　好描绘

　　　　我们时代的

　　　　　　多彩的

　　　　　　　　面容，

让万声雷鸣

　　在胸中滚动，

　　好唱出

　　　　赞美祖国的

　　　　　　歌声！

二

但是，

在我们

　　万花起舞的

花园里，

我看见

花瓣

在飘洒着

露水；

在我们

万人狂欢的

人海里，

我看见

那些睫毛的下面

流下了

眼泪……

啊，我知道——

最久的

最深的痛苦，

常常是

无声的饮泣。

而最初的

最大的

欢乐，

一定有

甜蜜的泪水

伴随！

"……啊，这是怎么回事？

这是谁？——

　　是他？

　　　　是我？

　　　　　　还是你？

……这是在哪里？

　　　　在我的家？

　　　　　　我的街道？

　　　　在我们自己的

　　　　　　土地？……"

是什么样的神明

　　施展了

　　　　这样的魔力，

生活啊

　　怎么会来得

　　　　这样神奇？——

长安街的

　　夜景啊

　　　　怎么竟这样迷人？

大兴安岭的

　　林场啊

　　　　怎么竟如此美丽？

一片汪洋的

　　淮河两岸

　　　　怎么会

万顷麦浪？

百里无人的

　　不毛之地

　　　　怎么会

　　　　　烟囱林立？

为什么

　　沙漠

　　　　大敞胸怀

　　喷出

　　　　黑色的琼浆？

为什么

　　荒山

　　　　高举手臂

　　捧献出

　　　　万颗宝石？

啊，我的曾是贫困而孤独的

　　乡村，

　　　　今夜

　　　　　为什么

　　　　　　笑语喧哗？

我的曾是满含忧愁的

　　城镇，

　　　　为什么

　　　　　灯火辉煌

彻夜不息?

为什么

那放牛的孩子,

此刻

会坐在研究室里

写着

他的科学论文?

为什么

那被出卖了的童养媳,

今天

会神采飞扬地

驾驶着

她的拖拉机?

怎么会

在村头的树荫下,

那少年漂泊者

和省委书记

一起

讨论着

关于诗的问题?

怎么会

在怀仁堂里

那老年的庄稼汉

和政治局委员们

一起

研究着

关于五年计划的

决议？

甘薯啊，

为什么这样大？

苹果啊，

为什么这样甜？

爱人啊，

为什么这样欢欣？

孩子啊，

为什么这样美丽？……

啊，第一声

由衷的

笑语，

第一口

甘美的

乳汁，

啊，第一次

走上

天安门的台阶，

第一次

跨进

青年作者的选集，

第一架

　　自己的喷气式飞机

　　　　在天空歌唱，

第一辆

　　解放牌汽车

　　　　在道路上奔驶……

啊！我们

　　　　生命的

　　　　　　彩笔，

蘸着欢乐的

　　　　泪水，

在我们的自传

　　　　和我们祖国历史的

　　　　　　纸页上，

写着的

　　　　是千万个：

"第一……

　　"第一……

　　　　"第一……"

而你啊，

　　"命运"姑娘，

　　　　你对我们

　　　　　　曾是那样的残酷无情，

但是，今天

你突然

目光一转，

就这样热烈地

爱上了我们，

而我们

也爱上了你！

而你啊，

"历史"同志，

你曾是

满身伤痕、

泪水、

血迹……

今天，我们使你

这样地骄傲！

我们给你披上了

绣满鲜花、

挂满奖章的

新衣！

但是，

为什么？

为什么？

为什么？

为什么会这样？

回答吧，

　　　　这个问题。

当然，

　　这并不是

　　　　什么难题，

　　答案，

　　　　就在这里——

就是

　　他!

　　　　我!

　　　　　　和你!

"人民"——

　　　　我们壮丽的

　　　　　　英雄的

　　　　　　　　名字!

在中国的

　　神话般的

　　　　国度里，

创造一切的

　　神明

　　　　正是

　　　　　　我们自己!

但是，

　　在我们心脏的

　　　　　炉火中，
　　　在我们血管的
　　　　　激流里，
　　　燃烧着、
　　　　　沸腾着的，
　　　却有一个共同的
　　　　　最珍贵的
　　　　　　元素，
　　　我们生命的
　　　　　永恒的
　　　　　　　活力——
这就是：
党！
　　我们的党！
党的
　　血液，
　　　　党的
　　　　　　脉搏，
党的
　　旗帜，
　　　　党的
　　　　　　火炬！——
党，
　　使我们这样地

变成巨人！

党，

　　带领我们

　　　　这样地

　　　　　　创造了奇迹！

读吧，

　　念吧，

　　　　背诵吧！——

在我们辽阔的大地上

　　铭刻着的

　　　　就是这个

　　　　　　真理，

在我们伟大人生的

　　怀抱里，

　　　　隐藏着的

　　　　　　就是这个

　　　　　　　秘密！

　　三

……春风。

　　秋雨。

晨雾。

　　夕阳。……

······轰轰的

车轮声。

嗒嗒的

脚步响。······

啊，《人代会决议》，

和新中国地图

在我手中，

党员介绍信

紧贴着

我的胸膛。

我走进农村。

我走进工厂。

我走向黄河。

我走向长江。······

五月——

麦浪。

八月——

海浪。

桃花——

南方。

雪花——

北方。······

我走遍了

我广大祖国的

每一个地方——

呵，每一个地方的

我的

每一个

故乡！

……在高压线

飞过的

长城脚下，

在联合收割机

滚动着的

大雁塔旁，

在长江大桥头的

黄鹤楼上，

在宝成铁路边的

古栈道旁……

我看见

你们——

我们古代的诗人们！

你们正站在云端

向我们

眺望。

在我们的合唱声中，

传来

你们的惊叹声，

在我们的工作服上，

投下

你们羡慕的眼光……

呵，我熟读过你们的

《登幽州台歌》、

《茅屋为秋风所破歌》……

那无数美妙的

诗章。

但是，

面向你们，

我

如此地骄傲！

我要说：

我们的合唱

比你们的歌声

响亮！

啊啊……"前不见古人"……

但是，

后——有——来——者！

莫要

"念天地之悠悠"吧，

莫要

"独怆然而涕下"……

"君不见"——

　"广厦千万间"

　　已出现在

　　　祖国的

　　　　"四野八荒"!

啊，我们的前辈古人，

　希望啊，

　　希望，

　　　希望，

　　梦想啊，

　　　梦想，

　　　　梦想……

而你们何曾想见

　今日的祖国

　　是这样的

　　　灿烂辉煌!

你们的千万支神来之笔啊

　怎么能写出

　　我们时代的

　　　社会主义的

　　　　锦绣文章?!

"语不惊人死不休"——

　又向哪里

　　去找

　　　　　　这最壮丽的语句——

　　"党！"

　　"我们的党！"

党啊——

　　我们祖国的

　　　　青春

　　　　　　和光荣，

党啊——

　　我们社会主义事业的

　　　　信心

　　　　　　和力量！……

啊！我走进

　　　　我的支部。

　　我走进

　　　　我的厂房。

我打开

　　星光灿烂的

　　　　《毛泽东选集》，

我登上

　　"红旗漫卷西风"的

　　　　山冈。

我踏着

　　工农红军的

二万五千里足迹，

我翻过

　　党的伟大史诗——

　　　　千山万岭的篇章……

从第一个

　　共产主义小组，

　　　　到今天的

　　　　　　我的支部——

我们的党员名单

　　是何等壮丽的

　　　　英雄榜！

我们党的心

　　和六万万人民的心

　　　　结成的联盟，

　　是何等伟大的

　　　　铁壁铜墙！

我听见：

　　我们的大地上

　　　　卷起的

　　　　　　入党宣誓的

　　　　　　　　不息的风暴！

我看见：

　　千万双手

　　　　举起的

入党申请书的

海洋!——

"啊！我们依照

先烈的榜样，

为实现

共产主义的理想，

让我们

把一切

献给

亲爱的祖国吧！

让我们

把一切

献给

亲爱的党！……"

啊，今天——

我们亲爱的党

三十五周岁的

诞辰——

"七一"！

伟大的共和国纪元后的

第七个

"七一"！——

我们又该怎样

十倍地欢呼呵，

百倍地

歌唱？！

但是，

并没有举行

盛大的纪念，

并没有

雷动的掌声、

手臂的森林

出现在

会场、广场。

……在中南海，

那一张

朴素的写字台旁，

毛泽东同志

正在起草

党的第八次大会的开幕词；

在国务院，

第二个五年计划的建议书上

正凝结着

并肩的人影

和午夜的灯光。

在统战部，

党的代表

正和朋友们一起，

倾谈："长期共存，

互相监督"；

在科学艺术大厅，

党的语言

正像春雷一样

唤起：

"百家争鸣"，

正像春风一样

吹开：

"百花齐放"!……

啊!在千万个

矿井

和织布机旁，

煤炭

和布匹的

洪流，

又在突破

定额的

水位；

在千万顷

稻田

和麦地里，

早稻

和新麦的

行列，

　正千军万马

　　　奔向

　　　　　粮仓！……

啊啊，正是这样！

在节日里，

我们的党

　　　没有

　　　　　在酒杯和鲜花的包围中，

　　　　　　　醉意沉沉。

党，

　　　正挥汗如雨

　　　　　工作着——

　　　　　在共和国大厦的

　　　　　　建筑架上！

啊啊，正是这样！

党的伟大纪念日，

　　　像共和国的

　　　　　每一个工作日

　　　　　　一样地

　　　　　　　忙碌、紧张。

但是，

　　　在我们忙碌、紧张的

　　　　　每一个工作日里，

难道我们不是

　　每时每刻

　　　　在纪念着

　　　　　　我们的党？！

啊，我们共和国的

　　　　每一个形象里，

　　每时每刻

　　　　都在显现着——

　　　　　　党的

　　　　　　　　历史，

　　　　　　　　　党的

　　　　　　　　　　光荣，

　　　都在活跃着——

　　　　　　党的

　　　　　　　思想，

　　　　　　　　党的

　　　　　　　　　力量。

你听，

　　你听！——

省港大罢工的

　　呼号声，

　　　　在我们的

　　　　　　鼓风炉里

　　　　　　　正呼呼作响，

你看

　　你看！——

南昌起义的

　　鲜血，

　　　　在我们的

　　　　　　炼钢炉中

　　　　　　　　正滚滚跳荡！

啊，在农业合作社的

　　麦场上，

　　　　正飘扬着

　　　　　　秋收起义的

　　　　　　　　不朽的红旗！

在基本建设的

　　工地上，

　　　　正闪耀着

　　　　　　延安窑洞的

　　　　　　　　不灭的灯光！……

啊！井冈山——

　　宝塔山！

　　　　——我们稳固的基石，

老红军——

　　老八路！

　　　　——我们的钢骨铁梁！

这就是

我们共和国大厦的

质量的保证！

这就是

为什么

我们的万丈高楼

会这样地

坚强雄伟

——青云直上！

让科学的最新成就——

示踪原子

来检验

我们的工程吧！

让历史上

我们前辈的奠基者

和后辈的验收员们

来品评我们——

给我们应得的

鉴定

和赞扬！……

啊，请我们光荣的祖先

登上

我们万丈高楼的

楼梯，

让老人家说：

"我们值得骄傲的子孙！

给我们看到了

我们梦想不到的

天堂……"

啊，请我们革命的先烈

巡视

我们的大地，

让他们说：

"我们的鲜血得到了报偿。

后来的同志们

在实现

我们的理想……"

啊，请伟大的马克思、列宁

走上

我们党代表大会的

主席台，

让导师们说：

"我们的预言实现了。

社会主义的曙光

已出现在东方！"

啊，请未来世纪的公民们

聚集在

我们建设的蓝图上，

让孩子们说：

　　　　　　"我们的生活更美丽，
　　　　但是，
　　　　　　　毛泽东同志工作的
　　　　　　那个时代，
　　　　　给我们开辟的道路
　　　　　　已经是
　　　　　　　那样宽广！……"

啊！公民们！
　　同志们！
我们的生命
　　就是活在
　　　这样的时代！
我们的双脚
　　就是踏在
　　　这样的道路上！
世上
　　还有什么
　　　更大的
　　　　欢乐
　　　　　和骄傲？！
世上
　　还有什么
　　　更大的

　　　光荣

　　　　　和力量？！——

"我，

　　中国共产党党员。"

"我，

　　中华人民共和国公民。"

"我，

　　社会主义事业的

　　　　建设者。"

"我，

　　毛泽东同志的

　　　　同时代人。"

啊！假如我有

　　　一百个大脑啊，

我就献给你

　　一百个；

假如我有

　　一千双手啊，

我就献给你

　　一千双；

假如我有

　　一万张口啊，

我就用

　　一万张口

齐声歌唱！——

歌唱我们

　伟大的

　　壮丽的

　　　新生的

　　　　祖国！

歌唱我们

　伟大的

　　光荣的

　　　正确的

　　　　党！！

四

而现在，

在我的

　献给祖国、

　　献给党的

　　　诗篇里，

我要来歌唱，

　关于：

　　我——

　　　我自己。

呵，

"我"，

是谁？

我呵，

在哪里？

……一望无际的海洋，

海洋里的

一个小小的水滴，

一望无际的田野，

田野里的

一颗小小的谷粒……

——我啊，

一个人

有什么

意义？

为什么

要把我自己

提起？

……一个寒冷的黑夜。

在一间

漆黑的

茅屋里：

一块残缺的

炕席，

　　　　　　一把破烂的

　　　　　　　　棉絮——

　　我,

　　　　生下来了……

　　我的

　　　　第一声

　　　　　　呼喊,

　　唤起

　　　　母亲的

　　　　　　连声叹息:

　　　　"天呵!

　　　　　　叫我怎么养活呵——

　　　　　　　　这个可怜的小东西?……"

　　……在一片荒凉的土地上。

　　一个

　　　　可怕的

　　　　　　天气!

　　刮着

　　　　大风,

　　　　　　下着

　　　　　　　　大雨。

　　我,

　　　　奔跑着,

奔跑着……

跌倒在

泥水里，

怎么

也爬不起……

我的慌乱的眼光，

迎着

父亲的

严厉呵斥：

"看你！就是这个样子！

命里注定：

一辈子不会有

什么出息！……"

啊！我亲爱的母亲！

现在，

我已经

三十二岁。

父亲呵，

你看！

我

站在

这里！——

在这

镰刀斧头和五星

交相辉映的

旗帜下，

在我们亿万人

肩并肩、臂挽臂

前进的

行列里！

我啊

在党的怀抱中

长大成人，

我的

鲜红的生命

写在这

鲜红旗帜的

皱褶里。

祖国啊，

你给我

无比光荣的名字：

"公——民"，

党啊，

你给我

至高无上的称号：

"同——志"！

我的工作：

为祖国

　　劳动

　　　　和歌唱，

我的誓词：

　　"为共产主义

　　　奋斗

　　　　　到底！"

啊，在党委组织部的

　　　档案袋中，

　　我的眼睛

　　　正闪闪发光，

　　在人民共和国的

　　　公民簿上，

　　我的头

　　　正高高地

　　　　　昂起！

我啊，

　　和我们的

　　　毛主席

　　　　一起

　　　　　　呼吸，

我啊，

　　和我的同志们

一起攀登

共和国大厦的

阶梯。

在祖国

千里江山的

画图中，

有

我的身影！

在万里晴空的

明镜里，

映照出：

我面前的道路，

是

这样的

壮丽！……

啊，也许

白发的积雪

将会淹没

我的头顶，

也许

岁月的河流

将会冲去

我许多的记忆，

但是，我

永远地

永远地

不会衰老，

因为，你——

党啊

永远地……

永远地

在我心里！

我的少年先锋队的孩子们啊，

让你们的红领巾

飘拂着

远航的白帆，

千百次地

从我的眼前

闪过吧！

我祝福你们，

但是，

并不叹息——

说在我的

少年流浪的

道路上，

有多少回

饥渴、

眼泪、

　　伤寒、

　　　疟疾……

我的共青团员兄弟们啊，

　让你们的

　　显微镜片

　　　和毕业证书，

　千百次地

　　在我的面前

　　　闪耀吧！

　我羡慕你们，

　　可是，

　　　并不妒嫉……

啊!……

在那座

　倒坍的文昌庙

　　隐蔽的

　　　角落里，

我，

　和我的小伙伴们，

　　躲过

　　　三青团的

　　　　狗眼，

在传递着

　　传递着

　　　　我们的

　　　　　　"火炬"——

啊，我的

　　　　《新华日报》①，

　　我的

　　　　《大众哲学》②，

　　我的

　　　　《解放周刊》③，

　　我的

　　　　《活跃的肤施》④！……

——"决定吧？！"

——"决定了！！"

"我们

　　　到'那边'去！——

　　　　　到

　　　　　　我——们——的

　　　　　　　延——安——去！"……

啊，我的共和国的千百万母亲啊，

　　在每一分钟内，

　　　　有多少个婴儿

①《新华日报》，当时党在国民党统治区出版的机关报。

②《大众哲学》，艾思奇著。

③《解放周刊》，当时出版的党刊。

④ 《活跃的肤施》，当时流行的报道延安的小册子。肤施，即延安。

诞生在

你们的怀抱里！

而我的

真正的生命，

就从

这里

开始——

在我亲爱的

延河边，

在这黄土高原的

窑洞里！

啊，我睁开

初生婴儿般的眼睛，

推开

窑门——

"同志，请问：

干部处

是不是

在这里？"

"啊，欢迎你，

小鬼！

到延安来

参加革命……

好。

在这张登记表上

　　写上吧，

　　　　你的名字、

　　　　　　履历。

一会儿，

　　到管理员同志那里

　　　去领

　　　　你的碗筷。

你的军装

　　要'三号'的，

——唔，不过裤脚

　　　还得卷起……"

啊！现在，我的祖国啊，

　　你把千斤的重担

　　　千百次地

　　　　放在我的肩头吧，

　　我要说：

　　　我能够

　　　　担得起！

即使有

　　再凶恶的病毒

　　　向我扑来，

也不会

　　　　把我

　　　　　　摧毁！

　　因为

　　　　我是吃了

　　　　　　延安的小米饭

　　　　　　　　长大的啊，

　　我喝过了

　　　　流过枣园和杨家岭①的

　　　　　　延河的

　　　　　　　　奶汁！……

①枣园，延安时期党中央书记
处所在地；杨家岭，延安时
期党中央委员会所在地。

　　啊，现在，

　　我的老同志！

　　　　我听见：

　　　　　　你的声音

　　　　　　　　又从山沟里

　　　　　　　　　　响起来——

　　"同志们！

　　日本人又在敌后

　　　　抢粮了……

　　边区周围，

　　　　胡宗南

　　　　　　又增加了兵力——

　　是的，咱们的粮食，

又有些困难，

从今天起，

我们要吃

稀的。

不过，这点困难，

‘呀呀唔’①哟，

——比起我们

在雪山、草地……

……倒是你，

顶得住吗？

小鬼？”

——啊！

——我！

“我吗？

我保证：

没有问题！”

“好！把我的这半碗，

分给你。

吃饱吧！

饭后，

我们要开

五垧荒地！

注意，手别打泡。

准备好

① “呀呀唔”，当时老红军干部的口头语，意即小意思，不值一谈。

笔记。

下午的课——

　　毛主席的

　　　　《中国革命战争的战略问题》……"

啊，我的欢乐的大地！

现在，

在你的白天，

　　响起

　　　　多少美妙的歌声，

在你的夜晚，

　　有多少幸福的小公民

　　　　睡在

　　　　　　温暖的摇篮里！

让我

　　也给我的小女儿

　　　　唱起催眠歌来吧……

但是，我

　　怎么能不

　　　　又回到

　　延河边的

　　　　那些夜里？　——

啊！好冷！

　　可是，

又多么的

甜蜜!……

杨家岭的灯火啊，

在风雪中

闪亮，

闪亮……

风，

卷着刮断的冰柱，

正向

这里的门窗

敲击。

啊，用口里的热气

呵着

笔尖，

在工作着！

他啊——

我们的

毛主席!……

而我，

和我的同志们

睡在

我们的窑洞里。

一个黑影，

走进来——

悄悄地

悄悄地……

伸向我

他的冰冷的

手指。

"唔，是你！"

——我们的

教员同志：

"怎么，又冻醒了吧？"

"不，不是……

……我是在想，

在想，

小组会的讨论：

关于

克服

非无产阶级的意识……

还有，

我，

想写

一首诗……"

"但是，小鬼，

你要睡觉啊！

给你这个，

——我的这件

破大衣。

这样捆起来，

  非常暖和。

这办法，

  是我在监狱里

    发明的，

现在，

  我教给你……

……好……睡吧。

躺进去。

  合上眼皮。

马上，

  你就会走进

    走进

      ——'社会主义'……"

啊！现在，

  在我的眼前——

    出现了！

天——安——门

  你啊

    在这里！……

共和国的

  惊天动地的

礼炮，

响起来！

响起来！

五彩缤纷的

礼花，

高高地

升起！

升起！……

在我们

浩浩荡荡的

欢腾的

人海里，

我，

走来了，

打着我的

红旗！……

"啊，去吧，

我的孩子！

我的战士！

北京，

在等候你……"

我的母亲——延安，

把十三斤半的背包，

放在

我的肩头，

把马兰纸的

《整风文献》

和《七大决议》，

放在

我的口袋里：

"是的，任务

非常艰巨，

但是，你们将在

那里

胜利会师。

代我问候

我日夜想念的

天安门吧，

告诉她说

你们是

延安来的!"——

啊，我就是

这样地来了，

在母亲延安

跷脚远望的

目光里……

啊，黄河的怒涛，

是怎样地

冲击着

我的胸膛!……

啊,张家口的烟火

是怎样地

烧红

我愤怒的眼泪!……

啊,大平原的

清算、土改的风暴,

是怎样地

卷起

我沸腾的血液!

啊,华北战场的

枪林弹雨,

是怎样地

撕碎

我层层的军衣!……

啊啊!我就是这样地

来了!

和我的同志们,

从四面八方

从各个战场,

我们相逢

在这里!

让我们

用胜利者的手臂，

　　搂抱得

　　　　更紧些，

　　　　　更紧些呵！

让眼泪的喜雨

　　湿透我们的

　　　　这第一套

　　　　　节日的新衣！

啊，让你的

　　　沾满尘沙的皱纹

　　　　　在这欢呼的潮水中

　　　　　　飘荡吧，

　　　让我的

　　　　早生的白发，

　　　　　扑打

　　　　　　这胜利的红旗！……

但是，现在——

我的老战友们啊！

　　我们不能

　　　　在昆明湖的画舫里

　　　　　谈笑得太久；

我的红领巾们啊，

我不能

在回音壁下，

再一次

向你们讲说

我过去的回忆！

就在我们

呼吸着的

现在——

这

一秒钟里，

啊，我们革命的战马，

在社会主义的征途上

又

远去千里！

——从雅鲁藏布江边的"林卡"，

到萝北草原的荒地，

有多少消息

报告着：

"完成……"

"完成……"

而我们的千万种计划书呵，

又伸出手来，

指着

我们的大地——

向我们

千呼万唤：

"开始呵！

开始！……"

啊，我的

新鲜的

活跃的

忙碌的

生命！

饱饮

共和国每一个早晨的

露珠，

沾满

我们的新麦

和原油的

香气，

我啊，

前进，

前进！

永不停息。

啊，我知道：

我们共和国的道路

并不是

一马平川，

面前，

　　还有望不断的

　　　　千沟万壑，

头上，

　　还会有

　　　　不测的

　　　　　　风雨⋯⋯

迎接我的啊

　　还有无数

　　　　新的

　　　　　　考验，

　　而灰尘

　　　　和毒菌

　　　　　　还会向我

　　　　　　　偷袭。

但是，我亲爱的党啊！

请你相信——

　　你曾经

　　　　怎样地

　　　　　　带领我

　　　　　　　走过来的，

我仍会

　　怎样地

　　　　跟随你

走向

前去！

啊！让延河的水

在我的血管里

永远

奔流吧！

让宝塔山下的

我的誓言

永远活在

我的骨髓里！

我们的未来时代啊，

请你把我

用"延安人"的名义，

列入

我们队伍的

名单里！

你将会证明：

我——

祖国和党的

一个普通的儿子，

一个渺小的

"我自己"，

在这里

有着

何等的意义！

啊！让我

高举

献给祖国、

献给党的

诗篇，

走向

亿万人的

心里……

从亿万人的

口中——

赞美我们

亿万个

"我自己"——

啊，我！

我的——

我们，

我们的——

我，

——是这样地

谐和

统一！

这是党

为我们创造的

不朽的

生命，

是祖国大地的

无敌的

威力！

啊！

未来的世界，

就在

我的

手里！

在

我——们——的

手里！

五

啊！我亲爱的

祖国！

啊！我亲爱的

党！

我就是这样

献给你

我的歌声，

我就是这样

加入

我们时代的

合唱。

杨家岭礼堂的声音

永远在

耳边回响，

我的心

紧贴着

天安门的红墙……

啊，给你——

我们心中的

熊熊烈火；

啊，给你——

我们血管里

燃烧的岩浆；

给你——

我们生命的

滚滚黄河；

给你——

我们青春的

浩浩长江……

但是，

在语言的波涛中，

最好的一滴

献给你呵——

"明天!"

——啊，我们的祖国，

"明天!"

——啊，我们的党!

我们

　　高举

　　　　你光荣的

　　　　　　旗帜，

前进，

　　在社会主义——共产主义的

　　大路上!

让我们

　　踏破

　　　　未来年代的

　　　　　　每一道

　　　　　　　　门槛吧，

让我们

　　推醒

　　　　一九五七年——

　　　　　　沉睡的

　　　　　　　　朝阳!

——啊，今天

　　多么美丽!

多么好！

但是，

　　这

　　　还不够！

明天呵，

　　必须

　　　那样！

啊，我们——

　　共和国的建设者！

让我们

　　更快地

　　　为我们的大地

　　　　更换新装！

啊，我们——

　　共和国的保卫者，

让我们的臂膀

　　更加有力，

让我们警惕的眼睛

　　更加明亮，

守卫着呵——

　　我们的

　　　边疆

　　　　和道路，

　　天空

和海洋！

让我们社会主义的

　　大鹏鸟，

　　　风云万里

　　　　振翅飞翔！

啊！更快地

　　更快地

　　　成长起来——

　　我们的

　　　钢铁

　　　　和石油的

　　　　　基地，

更快地

　　更快地

　　　打开啊，

　　我们大地的

　　　无尽宝藏！

啊，让我们的

　　辽阔的

　　　田野，

　　更好地

　　　扬花吐穗，

让我们

　　科学和智慧的

星群，

　　发出

　　　　更灿烂的光芒！

让我们的

　　五年计划，

　　　　再一个

　　　　　　五年计划，

　　　　　　　　跟踪而来，

让我们的

　　生产进度表，

　　　　万箭齐发——

　　那红色的箭头

　　　　射向

　　　　　　更远的前方！

来吧！

　　远方的客人——

　　　　你们：

　　　　一九五九、

　　　　一九七九……

　　请登上

　　　天安门

　　　　观礼台，

　　请坐在

　　　我们党委会的

　　　　　旁听席上——

看吧，惊奇吧！

　　我们

　　　　将会这样

　　　　　　神速地

　　　　　　　　越过

　　　　　　　　　　你们居住的地方！

来吧！

　　世界各地的

　　　　朋友们

　　　　请你们

　　　　　　访问

　　　　　　　　我们的：

　　　　　　　井冈山、

　　　　　　　　宝塔山

　　　　　　　　　和天安门吧，

　　　　　　　　请你们

　　　　　　　　　　访问

　　　　　　　　　　你们要去的地方……

看吧！评论吧！

这就是

　　我们

　　　　革命的

　　　　　　道路，

这就是

　　我们

　　　　前进的

　　　　　　力量！

这就是

　　我们——

　　　　中国！

啊！这就是

　　我们的

　　　　　党！

就是这样，

　　我们六亿五千万人的

　　　　革命大军

　　　　　　在前进，

就是这样，

　　用我们的双手

　　　　在实现

　　　　　　我们的理想！

啊啊！——

让我们

　　更响亮地

　　　　歌唱吧！

让我们的歌声

　　飞向

今天和明天

世界上的

一切地方！

胜利啊

人民！

胜利啊——

社会主义！

胜利啊——

我们伟大的

祖国！

胜利啊——

领导我们前进的

党——！

1956 年 6 月—8 月，北京

三门峡歌

三门峡——梳妆台①

望三门，三门开：
"黄河之水天上来"！
神门险，鬼门窄，

人门以上百丈崖②。
黄水劈门千声雷，
狂风万里走东海。

望三门，三门开：
黄河东去不回来。
昆仑山高邙山矮，

禹王马蹄③长青苔。
马去"门"开不见家，
门旁空留"梳妆台"。

梳妆台啊，千万载，

梳妆台上何人在？

乌云遮明镜，

黄水吞金钗。

但见那：辈辈艄公洒泪去，

却不见：黄河女儿梳妆来。

梳妆来呵，梳妆来！

——黄河女儿头发白。

挽断"白发三千丈"，

愁杀黄河万年灾！

登三门，向东海：

问我青春何时来？！

何时来呵，何时来？……

——盘古生我新一代！

举红旗，天地开，

史书万卷久等待。

大笔大字写新篇：

社会主义——我们来！

我们来呵，我们来，

昆仑山惊邙山呆：

展我治黄万里图，

先扎黄河腰中带——
神门平，鬼门削，
人门三声化尘埃！

望三门，门不在，
明日要看水闸开。
要请李白改诗句：
"黄河之水'手中'来"！
银河星光落天下，
清水清风走东海。

走东海，去又来，
讨回黄河万年债！
黄河女儿容颜改，
为你重整梳妆台。
青天悬明镜，
湖水映光彩——
黄河女儿梳妆来！

梳妆来呵，梳妆来！
百花任你戴，
春光任你采，
万里锦绣任你裁！

三门闸工正年少，

幸福闸门为你开。

并肩挽手唱高歌呵，

无限青春向未来！

①三门峡下，河心急流中，有巨石
矗立，即为自古传说之"中流砥
柱"。

中流砥柱①

一

啊，不是怀古。

我来三门峡，

　　脚踏禹王跃马处。

看黄水滚滚，

　　听钻机突突。

使我

　　满眶

　　　　热泪陡涨，

　　周身

　　　　血沸千度！

啊啊！

三门峡上——

　　紧握

　　　　开天辟地

　　　　　　英雄手臂，

三门峡下——

　　见万古不移

　　　　中流砥柱！

二

啊，古往何处？

急流万马来，

　　往古英雄计无数：

看漫天烽火，

　　听动地鼙鼓。

遥指

　　长城

　　　　千里揭竿……

　　井冈

　　　　红旗飞舞！

啊啊！

古往今来——

　　多少

　　　　惊风破浪

　　　　　　英雄人物，

黄河中流——

　　竖万古不朽

　　　　民族脊骨！

三

啊，今日非古！

红旗下井冈，

　　一改江山古画图！

看黄河新妆，

　　听雷霆脚步！

我唤

　　古人

　　　　梦中惊起：

　　长叹

　　　　英雄不如！

啊啊！

五千年来——

　　谁见

　　　　工人阶级

　　　　　　天工神斧？！

万里一呼——

　　为社会主义

　　　　立擎天柱！

1958 年 3 月

向秀丽

一

长白山的雪花珠江的水，
为什么祖国江山这样美？

包钢的高炉长江上的桥，
为什么祖国今天这样好？

井冈山的红旗开天的斧，
前辈的英雄们开了路。

井冈山通到天安门，
走过了红色英雄几代人。

红旗接班新一代，
万丈高楼盖起来。

山好水好都因儿女好，
母亲祖国呵该自豪！

二

井冈山的红旗递给你——
党的好女儿向秀丽！

①上甘岭，烈士黄继光牺牲的地
方；云周西村，烈士刘胡兰的家乡，
也是她牺牲的地方。

上甘岭的青松呵云周西村的水①，
呼唤着珠江边的好姐妹。

万丈烈火呵烧在身，
动不了向秀丽红透的心。

红透的心呵万里的海，
几回昏迷又醒来。

烈火中大叫"别管我"，
病床上忍痛唱起歌。

一人唱呵千万人和——
生生死死为祖国！

眼望着爱人手拉着妈，
告别时嘱咐："要听党的话。"

泰山小呵天山低，
顶天立地的向秀丽！

天安门的灯光呵照着你——
永生不死的向秀丽！

三

长白山的雪花珠江的水，
祖国江山呵就是这样的美。

包钢的高炉长江上的桥，
祖国今天呵就是这样的好。

井冈山的红旗接过来，
向秀丽不愧我们这一代。

一样的热血呵一样的红，
向秀丽就在亿万人心中。

千万朵鲜花要栽培，
朵朵要像向秀丽这样美。

炉中要炼优质钢，
寸寸要像向秀丽这样强！

黄河长江滚滚流，
向秀丽就在大地上走。

万丈高楼千门开，
向秀丽登上楼梯来。

我们是千千万万向秀丽，
无限未来就在咱手里！

我们向母亲祖国作保证：
更上高楼千万层！

1959 年 3 月 10 日

桂林山水歌

云中的神啊，雾中的仙，
神姿仙态桂林的山！

情一样深啊，梦一样美，
如情似梦漓江的水！

水几重啊，山几重？
水绕山环桂林城……

是山城啊，是水城？
都在青山绿水中……

啊！此山此水入胸怀，
此时此身何处来？

……黄河的浪涛塞外的风，

此来关山千万重。

马鞍上梦见沙盘上画：

"桂林山水甲天下"……

啊！是梦境呵，是仙境？

此时身在独秀峰①！

心是醉啊，还是醒？

水迎山接入画屏！

画中画——漓江照我身千影，

歌中歌——山山应我响回声……

招手相问老人山②，

云罩江山几万年？

——伏波山下还珠洞③，

宝珠久等叩门声……

鸡笼山一唱屏风开，

绿水白帆红旗来！

大地的愁容春雨洗，

①独秀峰，在桂林市中心。孤峰一柱，拔地而起。

②老人山及下文中的鸡笼山、屏风山，均在桂林市区，因状得名。

③还珠洞，有老龙谢情还珠神话，本诗转意借用。

①穿山，在桂林市南郊。峰顶
有巨大的圆形洞口，洞穿露天，
状似明镜高悬。

请看穿山①明镜里——

啊！桂林的山来漓江的水——
祖国的笑容这样美！

桂林山水入胸襟，
此景此情战士的心——

是诗情啊，是爱情，
都在漓江春水中！

②三花酒，桂林名酒。

三花酒②兑一滴漓江水，
祖国啊，对你的爱情百年醉……

江山多娇人多情，
使我白发永不生！

对此江山人自豪，
使我青春永不老！

③七星岩，桂林最著名岩洞之
一。传说歌仙刘三姐在此洞中
赛歌，后化石成仙。

七星岩③去赴神仙会，
招呼刘三姐啊打从天上回……

人间天上大路开，

要唱新歌随我来！

三姐的山歌十万八千箩，

战士啊，指点江山唱祖国……

红旗万梭织锦绣，

海北天南一望收！

塞外的风沙啊黄河的浪，

春光万里到故乡。

红旗下：少年英雄遍地生——

望不尽：千姿万态"独秀峰"！

——意满怀呵，情满胸，

恰似漓江春水浓！

啊！汗雨挥洒彩笔画：

桂林山水——满天下！……

1959 年 7 月，旧稿

1961 年 8 月，整理

十年颂歌

东风！

　　红旗！

　　　　朝霞似锦……

大道！

　　青天！

　　　　鲜花如云……

听

　　马蹄哒哒，

看

　　车轮滚滚……

这是

　　在哪里啊？

——在

　　　　中国！

这是

　　什么人啊？

——是

　　　　我们！

催开

　　　我们社会主义的

　　　　　跃进的战马，

　　　前进——

　　　　　前进！……

推动

　　　我们共和国的

　　　　　历史的车轮，

　　　飞奔——

　　　　　飞奔！……

啊，在天安门上，

　　　　　在五星旗下。

就从

　　　这里！

　　　　　出发——

一九四九年

　　　十月一日！

开始了

　　　我们开天辟地的

　　　　　伟大神话：

啊，红色的

　　　　　盘古！

啊，人类的

第二个"十月"的——

革命战马！

马头高举，

向东方

滚滚红日，

马尾横扫

西天

残云落霞！

吓慌了

资本主义世界的

"古道——西风——

瘦马"，

惊乱了

大西洋岸边的

"枯藤——老树——

昏鸦"。

一声声的

惊呼，

一阵阵的

咒骂……

杜鲁门

满嘴白沫，

华尔街的走狗们

翘起了

　　　一千条尾巴。

……一万个花招，

　　　十万个计划……

杜勒斯

　　　点起朝鲜的战火

　　　　　扑向

　　　　　　　鸭绿江边，

台湾的洞穴中

　　　那群亡命的老鼠

　　　　　在日日夜夜地

　　　　　　　磨牙……

但是，

　　　这一切

　　　　　可奈我何？！

啊！挡不住

　　　历史车轮

　　　　　飞向前！

但见那

　　　纷纷落叶

　　　　马蹄下……

从

　　　一九四九，

到

一九五九！

世界的历史啊

又发生了

何等的变化！

西风

渐渐变小，

东风

阵阵强大！

啊，在我们的大地上——

我们

六万万五千万人民，

马不停蹄！

人不解甲！

一步——

一个脚印！

一个脚印——

一片鲜花！

一天——

二十年的行程！

十年——啊，

一个

崭新的天下！

看！

我年轻的共和国！

你
　身披
　　灿烂的锦绣，
　满怀
　　胜利的鲜花！
一手——
　挥动神笔，
一手——
　扬鞭催马！
东海上——
　天山下：
一穷二白的
　辽阔土地上——
洋洋洒洒，
　画出多少
　　最新最美的
　　　图画！
天苍苍呵，
　野茫茫——
一刹那
　迎天接日
　　升起来
多少
　山连海涌的

高楼大厦？！

看吧！

　　看吧！——
看不完的

　　麦山稻海，
望不尽的

　　铁水钢花……
四时春风

　　吹万里江河

　　　　冰消雪化，
中秋明月

　　照进多少

　　　　幸福人家？！
啊，姑娘

　　又得了

　　　　红旗，
老人

　　减少了

　　　　白发。
"社会主义好呵，

　　社会主义好……"——
这就是托儿所里

　　孩子们的

歌声；

"我们的青春，

　　献给祖国……"——

这就是树荫下

　　爱人们的

　　　知心话。……

啊，伟大的祖国，

　　　伟大的人民——

　　怎么能不

　　　干劲冲天？！

无边的天空，

　　无边的土地——

怎么能不

　　处处飞花？！

啊！让帝国主义

　　　反动派

　　　　痛心疾首吧！

让他们

　　顿足捶胸

　　　去咒骂……

他们

　　骂啊，

因为他们

怕！

他们的时光

　　不久了，

历史的画廊

　　定要扯下——

他们那幅

　　破烂的

　　　图画。

而我们的

　　共和国——

　　　强大的巨人！

高举

　　"现实"的

　　　万里长鞭

挺身站立——

　　在天安门上，

满面笑容——

　　在五星旗下！

啊，我的共和国！

　　在你的

　　　面前——

望不尽呵，

　　望不尽……

望不尽的——

东风……

　　红旗……

　　　　朝霞似锦……

望不尽的——

大道……

　　青天……

　　　　鲜花如云……

我听见

全世界的朋友们

　　向你发出

　　　　雷鸣的欢呼，

压倒了

　　一切咒骂我们的

　　　　鸦噪犬吠的声音！

大地的春光啊，

　　没有辜负

　　　　飞来的燕群。

亲爱的共和国啊，

十年来，

　　你没有辜负

　　　　朋友们的

　　　　　　希望

　　　　　　　　和信任。

今天，

在北京的

一棵高大的

松树下，

我又一次

拥抱着

一位

漂洋过海而来的

国际友人。

他的脚

穿着一双

中国的布鞋，

汗水淋淋的大手

把我

搂抱得

紧紧：

"我永远羡慕——

你

一个

中华人民共和国的

公民！"

啊！我亲爱的

共和国！

你使我

多么地

　　幸福！

热情的

　　波涛，

爱情的

　　绿荫——

怎么能不

　　充满

　　　我的心？

九百六十万

　　平方公里的

　　　江山河海呵，

我爱你的

　　每一尺

　　　每一寸！

三千六百五十个

　　日日夜夜啊，

我爱你的

　　每一秒

　　　每一分！

啊，

　　扯开

　　　我的衣襟！

看我

胸中的

千山万壑，

朝向你——

怎么能不发出

阵阵回音？！……

听啊！听！——

　"消灭

敌人的碉堡！

前进呵，

同志们！……"——

啊，英雄黄继光的

召唤，

从上甘岭的山顶

响遍

祖国的大地！……

"要听党的话，

永远为祖国

——母亲……"

啊，党的好女儿

向秀丽的

声音，

从珠江边的

烈火中

飞进

　　亿万人的心！……

啊啊！就是这样——

在共和国的大地上，

闪耀着

　　数不清的

　　　　英雄形象，

震响着

　　不朽的

　　　　英雄的声音！

就是这样，

六亿五千万

　　英雄的人民，

走过了

　　十年的道路，

推动着

　　共和国

　　　　前进的车轮！

啊！就是这样

　　扑灭了

　　　　鸭绿江岸的

　　　　　　冲天战火……

啊！就是这样，

结束了

    西藏高原

        千百年来的

            黑夜沉沉……

啊啊！就是这样啊，

我的共和国！

我怎么能不

    千百次地

        为你歌唱?

    千百次地

        呼唤:

祖国呵——

    我们的母亲！

党呵——

    母亲的

        心！

你

    使我的

        每一根血管

    都沸腾着

        无比的干劲，

因为

    爱呵——

你的每一片

　　新生的树叶

都使我

　　热泪滚滚！

啊，为什么

　　我只能有

　　　　一人一身啊？

为什么

　　我的语言

　　　　这样拙笨？

给我呵——

　　语言的

　　　　大海！

给我呵——

　　声音的

　　　　风云！

让我能

在祖国的

　　每一寸土地上

　　　　劳动——歌唱！

让我能

　　在社会主义的

　　　　每一条战线上

　　　　　　战斗——前进！

……今天，

在一个云霞绚烂的

　　黎明，

我从

　　祖国的南方，

来到

　　我们的首都

　　　　北京。

我的身上

　　是倾盆的汗雨，

胸中

　　是鼓荡的春风。

我带来

　　海南橡胶林的

　　　　白色乳浆，

我的衣服上

　　落满

　　　　武钢二号高炉的

　　　　　　飞迸的火星。

我挽着

　　湛江新港的

　　　　龙门吊车——

　　　　　　那千尺的长臂，

跨过

长江大桥——

　　　　那万丈的金龙。

啊，望不尽的

　　　　江南三月——

社会主义的

　　　　无边美景……

南国红豆啊

　　　　满含着——

共产主义的

　　　　相思的

　　　　　　深情。

啊，我看见：

每一个姑娘的

　　　　心中

　　　　　　都是一片

　　　　　　　　桂林山水……

我看见：

每一个青年的

　　　　手掌

　　　　　　都是一座

　　　　　　　　五指山峰！

来吧！

　　　　你百年不遇的

　　　　　　大雨！

来吧！

　　你十二级的

　　　　台风！

看！——

　　我们社会主义的

　　　　"镇海楼"，

　　　　——风雨不动！

看！——

　　千百万英雄人民，

　　　　防洪抢险，

　　　　——战战成功！

请问啊——

　　千里灾区何处有？

红旗下——

　　一片歌声笑声中！……

啊！

我的欢笑的

　　豪迈的

　　　　南方！——

共和国啊，

这就是你

　　一九五九年的

　　　　壮丽的

　　　　　　面容！

……现在

我走在北京

　　朝阳门的

　　　　街道中，

我看着

　　太阳

　　　　迎面东升。

我看着你——

　　我的

　　　　共和国！

我周身的热血

　　怎么能不

　　　　又一次地

　　　　　　沸腾？

我该怎样

　　更好地

　　　　为你歌唱呵，

十倍

　　百倍地

　　　　把你赞颂！

听啊，

共和国的礼炮

　　第十次

　　　　震响

中国的大地，

这惊天动地的礼炮声呵，

怎能不激动

我的心？！

全世界

睁大眼睛，

看见了

六万万五千万

"饥寒交迫的奴隶"

在斗争中长成

何等伟大的

巨——人！

无边海洋的

波涛啊，

无限宇宙的

星云，

正向我们

传来

响不断的

回音！

啊，我们十年的

伟大的道路！

我们共和国的

不朽的

　　青春！

更快地

　　更快地

催开

　　我们社会主义的

　　　　跃进的战马吧，

更快地

　　更快地

推动

　　我们共和国

　　　　历史的车轮！

让帝国主义反动派

　　瑟瑟抖颤吧！

让他们，此刻

　　从模糊的泪眼中，

偷看一下

　　我们的

　　　　　天安门！

让他们

　　在上帝面前祈祷，

　　　去哭一千声

　　　　　"阿门……"

而我们

　　在五星红旗下，

　　　　欢呼一万声

　　　　　　"前进!"

我们的青春啊,

　　　还不过

　　　　　正在开始,

而他们的

　　　末日

　　　　　已将要来临!

啊!我的共和国啊——

　　　母亲!

党啊——

　　　我们母亲的

　　　　　心!

在这个伟大节日的

　　　人海里,

我把我的手臂

伸向你——

　　　伸向

　　　　　天安门。

我想对你说——

我会

　　　永远地

　　　　　活着,

我将会

五十次——

　　一百次地

庆祝

　　你的诞辰！

在未来的

　　共产主义的

　　　　地球上，

我永远是

　　一个年轻的公民。

我会

　　辛勤地

　　　　劳动，

在帝国主义的

　　坟地上，

种出

　　一片绿荫。

啊，我将在

　　　　天安门的华表下

带着

　　甜蜜的回忆，

向子孙们

　　指点：

我们

　　跟随毛主席

走过的脚印，

讲说：

五十年前

或者一百年前——

我们共和国

十周年纪念日

那个灿烂的

早晨！

1959 年 9 月 7 日

雷锋之歌

一

假如现在啊

我还不曾

不曾在人世上出生，

　　假如让我啊

　　再一次开始

　　开始我生命的航程——

在这广大的世界上啊

哪里是我

最迷恋的地方？

　　哪条道路啊

　　能引我走上

　　最壮丽的人生？

面对整个世界，

我在注视。

从过去，到未来，

我在倾听……

八万里

风云变幻的天空啊

今日是

几处阴？几处晴？

　　亿万人

　　脚步纷纷的道路上

　　此刻啊

　　谁向西？谁向东？

哪里的土地上

青山不老，

红旗不倒，

大树长青？

　　哪里的母亲啊

　　能给我

　　纯洁的血液、

　　坚强的四肢、

　　明亮的眼睛？

让我一千次选择：

是你，

还是你啊

——中国！

　　让我一万次寻找：

是你，

只有你啊

——革命！

生，一千回，

生在

中国母亲的

怀抱里，

活，一万年，

活在

伟大毛泽东的

事业中！

啊，一切

都已经

证明过了……

一切一切啊

还在

证明——

这里有

永远

不会退化的

红色种子；

这里有

永远

不会中断的

灿烂前程！

看步步脚印……

望关山重重……

有多少英雄啊

都在我们

行列中！

领我走，

教我行……

跟上一步啊，

一次新生！

……滚滚湘江水呀，

闪闪延河的灯……

使我怎能不

日日夜夜

梦魂牵绕？

……上甘岭头雪呀，

越秀山下松……

使我怎能不

千番万回

热血沸腾？……

望天安门上

那亲切的笑容——

我的眼里

常含热泪啊，

　　迎新战士入伍，

　　听连营的号声——

　　我的心中

　　怎能不又

　　风起云涌？……

我迷恋

我们革命事业的

艰苦长途上——

一个征程

又一个征程！

　　我骄傲

　　我们阶级队伍的

　　生命群山中——

　　一个高峰

　　又一个高峰！……

啊！真正地

幸福啊！

　　何等地

　　光荣！……

在今天，

我用滚烫的双手

抚摸着

我们的

红旗——

    又一次把

    母亲的

    衣襟

    牵动……

让我高呼吧！

看啊，

在我们的大地上，

在党的

摇篮中——

    此刻，

    又站起来

    一个多么高大的

    我们的

    弟兄!……

二

让我呼唤你啊，

呼唤你响亮的名字，

你——

雷锋！

　　我看着

　　你青春的面容，

　　好像我再生的心脏

　　在胸中跳动……

我写下这两个字：

"雷、锋"——

我是在写啊

我们阶级的

整个新一代的

姓名；

　　我写下这两个字：

　　"雷、锋"——

　　我是在写啊

　　我的履历表中

　　家庭栏里：

　　我的弟兄。

你的年纪，

二十二岁——

是我年轻的弟弟啊，

　　你的生命

　　如此光辉——

　　却是我

　　无比高大的

长兄！

……我奔向你面前！

带着

母亲给我的教训，

和我对你

手足的深情……

    仿佛一刹那间

    越过了

    千山万岭

啊！我像是

突然登上泰山，

    站立在

    日观峰顶……

我看见

海浪滔滔的

母亲怀中——

    新一代的太阳

    挥舞着云霞的红旗，

    上升啊

    上升！……

……惊蛰的春雷啊，

浩荡的春风！——

    正在大地上鸣响；

正在天空中飞行！

一阵阵，

一声声——

　　　　"雷锋！……"

　　　　"雷锋！……"

　　　　"雷锋！……"

道路上的列车啊，

海港里的塔灯——

　　　　有多少个车轮

　　　　在传诵啊；

　　　　有多少条光线

　　　　在回应……

一阵阵，

一声声——

　　　　"雷锋！……"

　　　　"雷锋！……"

　　　　"雷锋！……"

那红领巾的春苗啊

面对你

顿时长高；

　　　　那白发的积雪啊

　　　　在默想中

　　　　顷刻消融……

124

今夜有

灯前送别；

　　明日有

　　　路途相逢……

"雷锋……"

——两个字

说尽了

亲人们的

千般叮咛；

　　　"雷锋……"

　　　——一句话，

　　手握手，

　　陌生人

　　红心相通！……

三

你——雷锋！

我亲爱的

同志啊，

我亲爱的

弟兄……

　　　你的名字

　　　竟这样地

神奇，

胜过那神话中的

无数英雄……

你，

我们党的

一个普通党员，

你，

我们解放军中

一个普通士兵。

你的名字

怎么会

飞遍了

祖国的千山万水，

激荡起

亿万人心——

那海洋深处的

浪花层层？……

……从湘江畔，

昨日，

那沉沉的黑夜……

……到长城外，

今天，

这欢笑的黎明——

雷锋啊，

你是怎样

度过

你短暂的一生？

从日记本第一页上

黄继光的画像……

到领袖题词：

"向雷锋同志学习

——毛泽东"……

啊，雷锋！

你是怎样地

怎样地

长成？！……

啊！我看着你，

我想着你……

我心灵的门窗

向四方洞开……

……我想着你，

我看着你……

我胸中的层楼啊

有八面来风！——

……看昆仑山下：

红旗飘飘，

大江东去……

　　望几重天外：

　　云雾弥漫，

　　风雨纵横……

十万言——

一道

冲云破雾的

飞天长虹！……

　　两个字——

　　中国的

　　一代新人的

　　光辉姓名！……

啊，念着你啊

——雷锋！

　　啊，想着你呵

　　——革命！

一九六三年的

春天

　　使我们

　　如此地

　　激动！——

历史在回答：

人，

应该

怎样生？

路，

应该

怎样行？……

四

……仿佛已经

十分遥远

十分遥远了，

　　——那已过去了的

　　过去了的

　　许多情景……

那些没有光亮的

晚上……

那些没有笑意的

面容……

　　那些没有明月的

　　中秋……

　　那些没有人影的

　　茅棚……

在哪里啊，

爸爸要饭的

饭碗？……

　　在哪里啊，

　　妈妈上吊的

　　麻绳？……

在哪里啊，

云周西村的

铡刀？……

　　在哪里啊，

　　渣滓洞的

　　深坑？……

眼前是：

繁花似海，

高楼如山，

绿荫如屏……

　　耳边是：

　　歌声阵阵，

　　书声琅琅，

　　笑语声声……

睁开回头的望眼——

啊……

春风打从何处起？

朝阳打从何处升？……

　　消退了昨日的梦境——

　　啊……

镣铐曾在何处响？

鲜血曾在何处凝？……

长征路上

那血染的草鞋

已经化进

苍松的年轮……

淮海战场

那冲锋的呼号

已经飞入

工地的夯声……

老战士激动的回忆啊，

"我们在听、在听……

但那到底

已是过去的事情……"

——少年人眼前的

大路小路啊，

仿佛本来

就是这样

又宽、又平……

啊，要不要再问园丁：

我们的花园里

会不会还有

杂草再生？

梅花的枝条上，

会不会有人

暗中嫁接

有毒的葛藤？……

我们的大厦

盖起了多少层？

是不是就此

大功告成？

　　啊，面前的道路、

　　头上的天空，

　　会不会还有

　　乌云翻腾？……

……滚滚沸腾的生活啊，

闪闪发亮的路灯……

面对今天：

血管中的脉搏

该怎样跳动？

　　什么是

　　真正的

　　幸福啊？

　　什么是

　　青春的

　　生命？

……望夜空，

有倒转斗柄的

北斗……

看西天

有纷纷坠落的

流星……

　　什么是

　　有始有终的

　　英雄的晚年啊？

　　什么是

　　无愧无悔的

　　新人的一生？……

唔！有人在告诉我们：

——过去了的一切

不必再提起了吧！

　　只要闭上眼睛呀，

　　就能看见：

　　现在已经

　　天下太平……

什么"人民"呀，

什么"革命"，

　　——这些声音，

　　莫要打搅，

　　他酒兴正酣，

睡意正浓……

——今天的生活

已经不同了呀，

需要另外

开辟途径……

　　　　——最香的

　　　　是自己的酒杯，

　　　　最美的

　　　　是个人的梦境……

但是，且住！

可敬的先生……

　　　　收起你们的

　　　　这套催眠术吧！

　　　　革命——

　　　　永远

　　　　不会躺倒！

　　　　历史的列车——

　　　　不会倒行！

请看！

在我们的红旗下：

　　　　又是谁？

　　　　站起来

　　　　大声发言——

忘记过去吗？

不能！

不能！

不能！

　　因为我是

　　永远不会忘本的

　　"饥寒交迫的奴隶"——

　　中国的

　　革命的

　　士兵！

叫我们

那样活着吗？

不行！

不行！

不行！

　　因为我是

　　站在

　　不倒的红旗下，

　　前进在

　　从井冈山出发的

　　行列中！

问我的名字吗？

我的名字……

啊，我们的

名字：

　　雷——锋！……

啊，雷锋

就是这样地

代表我们

出现了！……

　　——像朝阳初升

　　一样地合理，

　　像婴儿落地

　　一样地合情！……

雷锋，

对于我们

是这样珍贵，

　　雷锋兄弟啊，

　　为我们赢得

　　亲爱的母亲

　　欣慰的笑容……

让我们说：

　"我爱雷锋……"

这就是说：

　"我爱

真正的人生！"

　　让我们说：

　　"我爱雷锋……"

这就是说：

"我要

永远革命！"

来啊！让我们

紧紧地挽住

雷锋的

这三条刀伤的手臂吧！

让我们

把雷锋日记的

字字句句

在心中念诵……

我们要把

壮丽人生的道路

展出万里！

我们要把

革命的火焰

"烧得通红……"

啊，雷锋！

我紧挽着

紧挽着

你的手臂啊，

我把它

　　　　紧贴在

　　　　我的前胸……

让我说：

我们是

一母所生——

　　　　我们血液的源头，

　　　　在"四·一二"的

　　　　血海里，

　　　　在皖南事变的

　　　　伤痕中……

　　　　早已

　　　　几度相逢……

党的双手，

早就在

早就在

把我们的

生命

铸造，

　　　　党叫我们

　　　　按照历史的行程，

　　　　待命出征——

雷锋！

你这一代

新的战斗队啊，

要出现在

新中国——

　　"早晨八九点钟……"

　　五

就是这样，

雷锋，

你出发了……

　　——在黎明前的

　　一阵黑暗中……

你带着

满身

燃烧的血泪，

　　好像在梦中一样，

　　扑向

　　党啊——

　　温暖的

　　温暖的

　　母亲怀中……

……就是这样，

雷锋，

你站起来！

　　接受

"共产主义新战士"
——党给你的
命名。
……就是这样，
雷锋，
你走来了……
你不是
只为洗雪
一家的仇恨；
不是为了
"治好伤疤
忘了疼"……
你来了啊，
不是为
学少爷们那样——
从此
醉卧高楼，
做花天酒地的
荒唐梦；
你来了啊，
更不是为
向仇人们鞠躬致敬——
说是为大家的"安宁"，
必须

践踏爹妈的尸骨，

把难友们的鲜血

倒进

老爷的杯中……

雷锋！

你满腔的愤怒啊，

你刻骨的疼痛……

你对党感激的

含泪带笑的目光……

你对新生活

如饥如渴的憧憬……

全部投入

我们阶级的

步伐——

化成了

战斗的

轰天雷鸣！

啊，雷锋！

你第一次学会的

这三个字，

你一生中

永远念着的

这个姓名——

啊，亲爱的

再生雷锋的

母亲——

　　我们的

　　党啊，

　　我们的领袖

　　毛泽东！

母亲懂得你

懂得你啊

——雷锋，

　　你也懂得他

　　懂得他啊

　　——伟大的

　　毛泽东！

你青春的生命

在毛泽东思想的

冲天红光中，

升华……

升华……

　　你前进的脚步

　　在《毛泽东选集》的

　　光辉篇章

　　那真理的

阶梯上，
攀登……
攀登……

雷锋，
我看见
在你的驾驶室里，
那一尘不染的
车镜……
　　我看见
　　在你的车窗前
　　那直上云天的
　　高峰……
啊，你阶级战士的
姿态，
是何等的
勇敢，坚定！
　　你共产党员的
　　红心啊，
　　是何等的
　　纯净、透明！……

雷锋，
你是多么欢乐啊！

在我们灿烂的阳光里，

怎么能不

到处飞起

你朗朗的笑声？

　　你稚气的脸上，

　　哪能找到

　　一星半点

　　忧愁的阴影？……

但是，雷锋，

在心灵的深处，

你有多少强烈的

爱啊，

　　又有多么深刻的

　　憎！

爱和恨，

不可分割，

像阴电、阳电一样

相反相成——

　　在你生命的线路上，

　　闪出

　　永不熄灭的火花，

　　发出

　　亿万千卡热能！……

……从家乡望城

彭乡长

那慈爱的面孔，.

    到团山湖农场

    庄稼稍头

    那飘动的微风……

……从鞍钢工地

推土机的

卷动的履带，

    到烈属张大娘

    搂抱着你的

    热泪打湿的

    袖筒……

啊，祖国亲人的

每一下脉搏，

阶级体肤的

每一个毛孔——

    都寄托了

    你火一样的热爱，

    都倾注了

    你海一样的深情……

啊，从黄继光

胸口对面

那射向我们的

罪恶炮筒，

　　到地主谭四滚子

　　从地下发出的

　　切齿之声……

……从营房门口

那假装

磨剪子的

坏蛋，

　　到躲在角落里

　　缝补旧梦的

　　某些先生……

啊，祖国道路上的

每一个暗影，

你哨位上的

每一面的响动——

　　都使你燃起

　　阶级仇恨的

　　不灭的火种；

　　都紧盯着

　　你阶级战士

　　警觉的眼睛！……

雷锋啊，

你虽然不是

　　　在炮火连天的战场上

　　　战斗冲锋，

在平凡的

工作岗位上，

你却是真正的

勇士啊——

　　　你永远在

　　　高举红旗，

　　　向前进攻！

在我们革命的

万能机床上，

雷锋——

　　　你是一个

　　　平凡的，但却

　　　伟大的——

　　　永不生锈的

　　　螺丝钉！

哪里需要？

看雷锋的

飞快的

脚步！

　　　哪里缺少？

看雷锋的

忙碌的

身影!……

……啊，马上去

给大娘浇地——

现在

麦苗正要返青……

……啊，立刻把

自己省下的存款

寄给公社——

支援

受灾的农民弟兄……

……唔，快准备

给孩子们

讲革命故事——

明天是

队日活动……

……唔，必须把

赶路的大嫂

护送到家——

现在是

夜深，雨大

路远，泥泞……

啊，雷锋

你白天的

每一个思念，

你夜晚的

每一个梦境，

　　都是：

　　人民……

　　人民……

　　人民……

你的每一声脚步，

你的每一次呼吸，

　　都是：

　　革命……

　　革命……

　　革命……

雷锋，你是

真正的

真正的

幸福啊！

　　你是何等的

　　何等的

　　聪明！

你用我们旗帜一样

鲜红的颜色，

写下了

你短暂的

却是不朽的

历史，

　　你在阶级的伟大事业里，

　　在为人民服务的无限之中！

　　找到了啊——

　　最壮丽的

　　人生！

你的生命

是多么

富有啊！

　　在我们党的怀抱里，

　　你已成长得

　　力大无穷！

……可老战友们

总还习惯叫你

"小雷"啊——

　　你只有

　　一百五十四厘米

　　身高，

　　二十二岁的

　　年龄……

但是，在你军衣的

五个纽扣后面

却有：

七大洲的风雨、

亿万人的斗争

——在胸中包容！……

你全身的血液，

你每一根神经，

都沸腾着

对祖国的热爱，

而你同时

在每一天，

每一分钟，

念念不忘：

世界上还有

千千万万

受难的弟兄！……

"上刀山！

下火海！……"

——雷锋啊，

在准备着！

风吹来！

雨打来！

——雷锋啊，

　　　　道路分明！……

啊！这就是

这就是

一个叫作

"雷锋"的

中国革命战士的

英雄姿态！

　　　　这就是

　　　　我们的大地

　　　　我们的母亲

　　　　以雷锋的名义

　　　　给历史的

　　　　回应——

人啊，

应该

这样生！

　　　　路啊，

　　　　应该

　　　　这样行！……

　　六

啊！现在……

雷锋——

请你一千次、一万次

走遍

祖国的大地吧！

　　请你一千声、一万声

　　把你战斗的

　　呼号，

　　传遍那

　　万里风云的天空！……

在这

无产者大军

重新集结的

时刻，

　　在这

　　新的斗争信号

　　升起的

　　黎明……

在我们祖国的

每一个

战场上，

　　在迎接我们的

　　每一个

　　斗争中——

雷锋啊，

在前进！……

带着

我们的骄傲，

　　带着

　　我们的光荣……

雷锋

你在我们

军中，

　　雷锋

　　你在我们

　　心中！

雷锋啊，

活着！

　　雷锋啊，

　　永生！……

啊！响起来，

响起来，

响起来吧！

　　——我们阶级大军的

　　震天号声！

敲起来，

敲起来，

敲起来啊！

154

————我们革命人生的路上

这嘹亮的晨钟!……

看，站起来

你一个雷锋，

我们跟上去：

十个雷锋，

百个雷锋，

千个雷锋!……

升起来

你一座高峰，

我们跟上去：

十座高峰，

百座高峰!——

千条山脉啊，

万道长城!……

让我们的

敌人

惊叫起来吧，

————关于中国的

这最近的情报，

他们会说：

"不懂，不懂……

这是什么样的

'装置'啊，

　　竟然发出

　　如此巨大能量的

　　热核反应？……"

啊，让我们的

朋友们

感到高兴吧！

　　让他们

　　骄傲地说：

"这是

毛泽东的战士！

　　红色中国的

　　士兵！

这是

真正的人啊，

　　是中国的

　　也是我们的

　　弟兄！……"

啊，让歌手们

歌唱吧，

　　登上我们

　　新的长城：

"……北来的大雁啊，

你们不必

对空哀鸣，

　　说那边

　　寒霜突降，

　　草木凋零……

且看这里：

遍地青松，

个个雷锋！——

　　……快摆开

　　你们新的雁阵啊，

把这大写的

　　‘人’字——

　　写向那

　　万里长空！……”

啊，让诗人们

歌唱吧，

　　站在这

　　望海楼上

　　新的一层：

“……那暴风雨中的

海燕啊，

我们

想念你！……

　　你快

拨开云雾啊，

展翅飞腾！

看天空：

闪电

怎能遮掩？

看大地：

怎能不

烈火熊熊？！"

让我们回答

你的歌声——

"我们昨日

鹏程万里；

今日又来

英雄雷锋！……"

啊！雷锋，雷锋，雷锋啊……

此刻

我念着你，

我唱着你呵……

——我有

多少愤怒、

多少骄傲、

多少力量啊，

在胸中翻腾！

我不能

远远地

望着你的背影

把你赞颂，

　　——我必须

　　赶上前来！

和你

一起啊

　　奔向这

　　伟大的斗争！

啊，雷锋，

我的弟兄！

不要说

我比你多有

几年军龄啊——

　　虽然它使我

　　终生难忘，

　　一提起呀

　　就热血奔流

　　热泪常涌……

在你的面前——

我的

好班长啊，

让我说：

我还是

一个新兵……

啊，雷锋，

带我去，

带我去吧！

——让我跟上你，

跑步入列！

听候每一次的

队前点名……

让我像你

一样响亮地

回答："到！"

——永远站在啊

我们阶级的

行列中！……

啊，带我去，

带我去吧！

雷锋！

——在今天，

这风吼雷鸣的时辰，

让我跟你一样

把我们的《毛选》

紧握在手中……

请你辅导我

千百次地

学习！

——让伟大的真理啊

照耀我

永远新生！……

啊，雷锋！

带我到

哨位上去！

——告诉我

怎样更快地

发现敌情……

啊，雷锋，

带我到

驾驶室里去！

——教我

把方向盘

更好地把定……

……啊，告诉我，

告诉我啊——

怎样做好

永不生锈的

螺丝钉!……

……教我唱,

教我唱吧——

真正唱会啊:

"《我是一个兵》!……"

在阶级的事业里:

"我是一个兵!"

在祖国的土地上:

"我是一个兵!"

在今天、明天

所有的

斗争里:

"我是——

——一个兵!……"

啊,雷锋……

我不是

一个人啊,

我是在唱

我们亿万人民

内心的激动!

看啊,

奔你来!

学你来!

——我们的大地上

正脚步匆匆！……

十个、

百个、

千万个……

雷锋……

雷锋……

雷锋……

啊，雷锋

就是我们！

我们

就是雷锋！……

让我们的敌人

千次、万次地

吃惊吧！……

让我们的朋友，

永远、永远地

高兴！……

让地球的

脑海啊

去思索……

让历史的

航线啊

更加

分明……

啊，现在……

你们——

巴黎公社的

前辈英雄啊，

你们请听：

　　你们不朽的事业

　　我们要

　　永远担承！

我们在

井冈山前，

向你们

保证：

　　——我们要

　　子子孙孙

　　永不变啊，

　　辈辈新人

　　是雷锋！……

啊，还有你们——

我国古代的

哲人们，

你们之中

是谁呀？

　　——"见歧路，

　　泣之而返。"

　　——竟会痛哭失声……

俱往矣！

俱往矣！……

　　今天啊，

　　是何等的不同！

看天安门上——

东方红，

太阳升……

　　——我们有

　　伟大的

　　领袖啊，

　　我们有

　　伟大的

　　群众！……

啊！

看我们

大步前进吧！

　　看我们

　　日夜兼程！……

怕什么

狂风巨浪？！……

怕什么

困难重重！……

哪怕它啊

北风欺我

把我黄河

一夜冰封？

——我们有

革命壮志：

浩浩长江

万年奔腾！……

哪怕它啊

山崩海啸，

天塌地倾？

——我们有

擎天柱：

我们的党！

我们有

毛泽东思想

炼成的

补天石：

百万——雷锋！……

啊啊！……

响起来——

响起来——

响起来吧——

　　我们无产者大军的

　　震天的号声!……

敲起来——

敲起来——

敲起来吧——

　　我们革命人生的路上

　　这嘹亮的晨钟!……

伟大的斗争,

在召唤啊——

　　全世界的弟兄,

　　一起出征!……

前进啊——

　　我们的

　　红旗!……

前进啊——

　　我们的

　　革命!……

前进!——

前进啊!

　　——我们的弟兄!!

　　——我们的雷锋!!!……

让我们

向历史

宣告吧——

在我们

这伟大战斗的

决心书上，

　　已写下了

　　我们

　　伟大的姓名：

我们——

雷锋；

　　雷锋——

　　保证：

敌人必败！

　　我们必胜！

我们必胜啊！

我——们——

必——胜——！

1963 年 3 月 31 日

西去列车的窗口

在九曲黄河的上游，
在西去列车的窗口……

是大西北一个平静的夏夜，
是高原上月在中天的时候。

一站站灯火扑来，像流萤飞走，
一重重山岭闪过，似浪涛奔流……

此刻，满车歌声已经停歇，
婴儿在母亲怀中已经睡熟。

在这样的路上，这样的时候，
在这一节车厢，这一个窗口——

你可曾看见：那些年轻人闪亮的眼睛

在遥望六盘山高耸的峰头？

你可曾想见：那些年轻人火热的胸口

在渴念人生路上第一个战斗？

你可曾听到啊，在车厢里：

仿佛响起井冈山拂晓攻击的怒吼？

你可曾望到啊，灯光下：

好像举起南泥湾披荆斩棘的镢头？

啊，大西北这个平静的夏夜，

啊，西去列车这不平静的窗口！

一群青年人的肩紧靠着一个壮年人的肩，

看多少双手久久地拉着这双手……

他们啊，打从哪里来？又往哪里走？

他们属于哪个家庭？是什么样的亲友？

他啊，塔里木垦区派出的带队人——

三五九旅的老战士、南泥湾的突击手。

他们，上海青年参加边疆建设的大队——
军垦农场即将报到的新战友。

几天前，第一次相见——
是在霓虹灯下，那红旗飘扬的街头。

几天后，并肩拉手——
在西去列车上，这不平静的窗口。

从第一天，老战士看到你们啊——
那些激动的面孔、那些高举的拳头……

从第一天，年轻人看到你啊——
旧军帽下根根白发、臂膀上道道伤口……

啊，大渡河的流水啊，流进了扬子江口，
沸腾的热血啊，汇流在几代人心头！

你讲的第一个故事："当我参加红军那天"；
你们的第一张决心书："当祖国需要的时候……"

"啊，指导员牺牲前告诉我：
'想到啊——十年后……百年后……'"

"啊，我们对母亲说：
'我们——永远、永远跟党走！……'"

第一声汽笛响了。告别欢送的人流。
收回挥动的手臂啊，紧攀住老战士肩头。

第一个旅途之夜。你把铺位安排就。
悄悄打开针线包啊，给"新兵们"缝缀衣扣……

啊！是这样的家庭啊，这样的骨肉！
是这样的老战士啊，这样的新战友！

啊，祖国的万里江山！……
啊，革命的滚滚洪流！……

一路上，扬旗起落——
苏州……郑州……兰州……

一路上，倾心交谈——
人生……革命……战斗……

而现在，是出发的第几个夜晚了呢？
今晚的谈话又是这样久、这样久……

看飞奔的列车，已驶过古长城的垛口，
窗外明月，照耀着积雪的祁连山头……

但是，"接着讲吧，接着讲吧！
那杆血染的红旗以后怎么样啊，以后？"

"说下去吧，说下去吧！
那把汗浸的镢头开啊、开到什么时候？"

"以后，以后……那红旗啊——
红旗插上了天安门的城楼……"

"以后，以后……那南泥湾的镢头啊——
开出今天沙漠上第一块绿洲……"

啊，祖国的万里江山！……
啊，革命的滚滚洪流！……

"现在，红旗和镢头，已传到你们的手。
现在，荒原上的新战役，正把你们等候！"

看，老战士从座位上站起——
月光和灯光，照亮他展开的眉头……

看，青年们一起拥向窗前——
头一阵大漠的风尘,翻卷起他们新装的衣袖！

……但是现在，已经到必须休息的时候，
老战士命令："各小队保证，一定睡够！"

立即，车厢里平静下来……
窗帘拉紧。灯光减弱。人声顿收。……

但是，年轻人的心啊，怎么能够平静？
——在这样的路上，在这样的时候！

是的，怎么能够平静啊，在老战士的心头，
——是这样的列车，是这样的窗口！

看那是谁？猛然翻身把日记本打开，
在暗中，大字默写："开始了——战斗！"

那又是谁啊？刚一入梦就连声高呼：
"我来了！我来了！——决不退后！……"

啊，老战士轻轻地走过每个铺位，
到头又回转身来，静静地站立在门后。

面对着眼前的这一切情景，

他，看了很久，听了很久，想了很久……

啊，胸中的江涛海浪！……

啊，满天的云月星斗！……

——该怎样做这次行军的总结呢？

怎样向党委汇报这一切感受？

该怎样估量这支年轻的梯队啊？

怎样预计这开始了的又一次伟大战斗？

……戈壁荒原上，你漫天的走石飞沙啊，

……革命道路上，你阵阵的雷鸣风吼！

乌云，在我们眼前……

阴风，在我们背后……

江山啊，在我们的肩！

红旗啊，在我们的手！

啊，眼前的这一切一切啊，

让我们说：胜利啊——我们能够！

…………

…………

啊！我亲爱的老同志！

我亲爱的新战友！

现在，允许我走上前来吧，

再一次、再一次拉紧你们的手！

西去列车这几个不能成眠的夜晚啊，

我已经听了很久，看了很久，想了很久……

我不能、不能抑止我眼中的热泪啊，

我怎能、怎能平息我激跳的心头？！

我们有这样的老战士啊，

是的，我们——能够！

我们有这样的新战友啊，

是的，我们——能够！

啊，祖国的万里江山、万里江山啊！……

啊，革命的滚滚洪流、滚滚洪流！……

现在，让我们把窗帘打开吧，

看车窗外，已是朝霞满天的时候！

来，让我们高声歌唱啊——

"……鲜红的太阳照遍全球！……"

1963 年 12 月 14 日，新疆阿克苏

回答今日的世界
——读王杰日记

这样写，

这样写——

我们的日记，

要这样写。

这样写，

这样写——

我们的历史，

要这样写。

写我们

壮丽的红旗，

写我们

伟大的事业。

用我们
整个的生命，
用我们
全部的热血。

生——
这样写，
死——
这样写。

革命！
革命！——
在每一行，
每一页。

人民！
人民！——
在每一章，
每一节。

世界，
在我们心中。
英雄，
在我们行列。

我们是

黄继光、雷锋的战友，

我们是

千百万个——王杰！

谁说王杰

已经牺牲？

谁说战友

已和我们告别？

看千百万颗王杰的心

正一齐跳动，

看千百万本王杰日记

仍继续在写……

写啊，

我们写！

我们这样写，

我们必须写——

面对

万里的烽烟，

回答

今日的世界！

革命——

决不后退！

斗争——

决不停歇！

怎能容忍

叛徒的出卖？

怎能允许

强盗的猖獗？

红旗——

决不会倒下！

火炬——

决不会熄灭！

谁是

"革命的良种"？

人民——

自会鉴别！

请看

革命的大军，

此刻正在

重新集结……

我们是

毛泽东的战士，

我们是

英雄王杰！

来吧，看敌人

怎样疯狂？

来吧，让暴风雨

更加猛烈！

我们早已

做好准备，

准备迎接

要来的一切！

我们将高唱：

"这是最后的斗争……"

永远战斗

在最前列！

我们将

打开日记本，

把毛泽东思想的真理，

大字书写——

写：天空

不会塌陷！

写：地球

不会毁灭！

写：把帝国主义强盗，

彻底埋葬！

写：对修正主义叛徒，

进行最后判决！

写啊：世界人民

最后胜利！

写啊：全地球

遍地花开季节……

啊，我们的日记，

我们的历史，

将写下：明天

更新、更美的一页！

1965 年 11 月 11 日

下篇：《心船歌集》选

陕西行（十一首选四首）

1982 年 11 月党的十二大后，有陕西之行，途中作以下诸诗。

谒黄陵

风云四十载，

几度谒黄陵。

古柏今犹绿，

战士白发生。

不问挂甲树①，

但听征马鸣。

指南车又发，

心逐万里程！

①黄陵轩辕庙内有一古柏，树身满布战甲状斑痕，相传汉武帝西征归后曾挂甲于此。

登延安清凉山

①清凉山上有"月儿井"，井旁
有印月亭，自亭边透过石缝下看
十余丈，有月影自水底涌出。

②"定痂泉"为清凉山又一景，
相传有僧割己肉救饥鹰，伤口
不愈，来此泉一洗而结痂，因
以名之。

我心久印月①，

万里千回肠。

别后定痂水②，

一饮更清凉。

皇甫村怀柳青（两首选其一）

长安县皇甫村，为作家柳青同志长期深入生活并逝世后归葬之地。

③柳青弥留前作者到病床前
探望，此次来墓前默哀。
④王家斌，柳青长篇小说《创
业史》人物梁生宝原型

床前墓前恍若梦③，

家斌泪眼指影踪④。

父老心中根千尺，

春风到处说柳青。

⑤昭陵为唐太宗李世民墓。

昭　陵⑤

逝者应使生者忆，

后人当越前人迹。

昭陵一望长安道，

万里今非旧马蹄。

1982 年 11 月

胶东行（十一首选五首）

咏烟台

一

①山东省域图状如骆驼。

神驼待飞饮碧海^①，
向天大道此日开。
佳音惹人尽东望，
高耸驼峰是烟台。

二

经天纬地重安排，
多少雄略英俊才。

②招远，烟台地区黄金主要产地。

知有黄金足招远^②，

③李白诗："蓬莱文章建安骨"。
杜甫诗："忆献三赋蓬莱宫"。另，
蓬莱县，现属烟台地区。

亦需文章胜蓬莱^③。

三

不令儿辈朱颜改，

① 古代传说东海有蓬莱、瀛洲、方丈三神山。

② 昆嵛山为胶东著名革命根据地之一。

还向红旗写壮怀。

明日飞过三山去①，

犹带昆嵛歌声来②。

登蓬莱阁

果然蓬莱神仙境！

沧桑却与人间同。

五日东坡悲灶户③，

十年南塘戍水城④。

将军斗书浇块垒⑤，

元勋珠句慰平生⑥。

我今登阁增感慨，

江山多难复多情。

③ 北宋苏轼（号东坡），来蓬莱任登州府守仅五日即他调。在此五日中作《乞罢登州榷盐状》，请朝廷废盐官卖，以解民困。灶户，即以煮盐为生者。

④ 蓬莱水城，宋至明代海军基地。明民族英雄戚继光（号南塘）任蓬莱军职时，在此练军并指挥抗倭斗争。

⑤ 1934 年 5 月，冯玉祥将军手书大字"碧海丹心"刻石于阁内。

⑥ 1960 年与 1964 年，叶剑英与董必武同志先后为蓬莱阁题句、赋诗。

登成山头

一

天涯地角成山头，

千古兴亡去悠悠⑦。

秦桥入海渺难辨⑧，

雾笛长鸣过新舟。

⑦ 史载秦始皇两次巡此，汉武帝亦来过。后历经三国至清代，多次为兵家相争之地。

⑧ 成山头南侧峭壁下有四巨石排列于急流中，相传为秦始皇造桥渡海之遗迹，恐不能确信。

二

山言海语论不朽，

英雄异代各千秋。

甲午悲歌沉"致远"①，

日主祠下起高楼②。

咏长岛

长岛览秀如醍饮，

复我诗人少年心。

踏歌海市蜃楼境，

握手灵异神仙群。

一宿条条玉石街③，

双睫层层珍珠门④。

五载创业惊大步⑤，

十年飞鸟信凌云⑥。

朝见海田展画卷，

夜听涛声数足音。

此景此情不须酒，

长岛醉我动歌吟。

①成山头正东海面为甲午海战之战场，邓世昌沉没"致远"号舰殉国。

②秦始皇周游天下，曾建庙祀八主，其中三座在胶东。导游言建于成山头者为日主祠，因已无遗迹，有学者持异议。

③据《烟台风物志》载：南北长山岛之间，原无陆路可通。传说唐太宗曾统军驻南岛，大将尉迟敬德驻北岛，来往唯可乘舟，因语敬德曰："如有路可通，吾每日来探望一次。"上天感其情义，当夜狂风大作，飞浪走石。天晓果见两岛之间一长街耸出，因名"一宿街"。又因通路皆珠玑石，故又名"玉石街"。

④长山列岛中，挡浪岛与北长山岛对峙如门，门外水域盛产海珍品，因名"珍珠门"。

⑤长岛县经济发展从党的十一届三中全会后起步，至今年人均收入已列烟台市属各县之冠。

⑥南长山岛烽山上立一巨鸟雕塑，象征长山岛社会主义建设事业腾飞。县委提出到1995年提前翻两番，并提出"飞鸟型"经济结构的发展方针。

别长岛题留

①长山列岛地形如盾，连接胶
东与辽东，地理学称之为"胶
辽盾"。
②长山列岛为岛链式基岩群
岛，属上元古界之"蓬莱群"
岩性。

心如地厚胶辽盾①，
志若石坚蓬莱群②。
海虐风狂巍然立，
长岛春在长岛人。

1985 年 5 月—7 月

三峡行（九首选四首）

访三峡工程指挥部

久梦平湖出高峡①，
禹牛待命望京华②。
屈子回棹向故里③，
神女俯身欲浣纱④。

秭归访屈原祠

隐约江声似《九歌》⑤，
此去汨罗路几何⑥？
《招魂》当应归乡赋⑦，
寻迹到此热泪和！

①毛泽东 1956 年《水调歌头·游泳》："更立西江石壁，截断巫山云雨，高峡出平湖。"
②西陵峡有黄陵庙，旧有大禹及神牛塑像。
③西陵峡中段秭归县，为屈原故里。
④指巫峡神女峰。

⑤屈原祠在秭归城长江边。《九歌》，屈原作品，根据其生前流行于此地及楚国南部民间祭神乐歌加工创作。
⑥指屈原自沉于汨罗江。
⑦《招魂》，《楚辞》篇目，多数研究者认定作者为屈原。

至奉节有思

①蜀帝刘备在白帝城临终前托孤（阿斗）于诸葛亮，现城上有此段史事群塑。

②杜甫《秋兴八首》中句："每依北斗望京华"。后在奉节城南门外长江岸立有"依斗门"，迤东山巅上为白帝城。

③杜甫夔州诗之一《登高》："无边落木萧萧下，不尽长江滚滚来。"

④城在白帝山上。东汉初，公孙述踞此称帝，自号白帝，建此城，因以名之。

史读"托孤"忆蜀忧①，

诗诵"依斗"感杜愁②。

不尽长江今来我③，

白帝叶红第几秋？

登白帝城答友人问候④

⑤杜甫《登高》，诗中意见前。

⑥宋玉《高唐赋序》中述楚怀王梦巫山神女，"旦为朝云，暮为行雨。"

⑦赤甲山，瞿塘峡群山之一。

⑧瞿塘峡口，两侧石壁对峙，是为夔门。

⑨滟滪堆，在瞿塘峡口江流中，为长江著名险滩。

列阵群峰激壮心，

高城千尺竞登临。

目送杜甫长江浪⑤，

袖扫宋玉巫山云⑥。

但倚赤甲呼征鼓⑦。

岂对白帝输病身？

夔门又雨何足畏⑧，

滟滪千堆过来人⑨！

1985 年 10 月 28 日——11 月 5 日

南粤行（十三首选五首）

访深圳蛇口区

我有梦魂系南国，
伶仃丹心今如何[①]？
蛇口仙境频拭目[②]，
夜语女娲思绪多。

①文天祥诗《过零丁洋》。中有句"留取丹心照汗青"。
②蛇口区海滨拟建女娲塑像，人首蛇身，喻女娲补天之意。

宿大鹏湾小梅沙

快哉南风至，
此岸归仙槎[③]。
十年话沧海，
一宿小梅沙[④]。

③④古代传说汉张骞乘槎泛天河不归。小梅沙大酒店造型如船。

访桂山岛

宝岛无觅垃圾尾[①]，
桂山史留英雄碑[②]。
情蘸南海如泼墨，
写我百年两腾飞！

访珠海市留赠

明珠沉沉藏心海，
一朝心开明珠来。
访此更解春风意，
心花宜地处处栽。

访广州南华西街先进文明单位

百业一心两文明，
羊城取得南华经。
南风吹人醒非醉，
繁花更映木棉红。

1986 年 6 月 3 日—18 日

哲盟行（八首选四首）

参观通辽发电厂

沙漠建楼奇，

草原银河新。

①天骄，指成吉思汗。　　　天骄今回目①，

腾飞信如神。

访木里图镇

塞外访明珠，

惊见木里图。

②嘎查，蒙古语"村庄"之意。　　嘎查一夕话②，

北京十年书。

访通辽西喜嘎查

绿浓红深沙漠间，
寻访归来夜难眠。
延水声中党课后，
今师蒙汉两金山①。

访霍林河煤城不达②

通辽北向霍林河，
情漾草原似牧歌。
扎旗遇雨煤城阻，
却探心矿知金多。

① "两金山"，指包金山和郭景山两同志。乡党委介绍："这里有两个金（景）山"。包金山，蒙古族，本村党支部书记，带领本村蒙、汉等各族人民治理沙漠，改变落后面貌，多次被评为盟、县优秀党员。郭景山，汉族，本村最老的党员，模范事迹感人。去年重病去世，临终在遗嘱中告党支部重视科技工作，并交上最后一次党费。

② 去霍林河煤城途中遇大雨，到扎鲁特旗后路毁不能前往。蒙旗委同志热情招待，交谈甚欢。

老人节访延边（九首选四首）

定"八·一五"为老人节，始自延边朝鲜族自治州。作者于1986年应邀赴此节日盛会。

过镜泊湖

君心未眠奔地火，
曾误君名为静波。
心托明镜非冥静，
日运月行此中泊。

车行长白林区

谁道林海新绿生，
风景从此不言红？
来看万松根到籽，
抗联血沃色赤诚。

题赠延边州委

山山金黛莱，

村村烈士碑。

红心振双翼，

延边正起飞！

①东盛乡属延吉市，州委举办的老人节纪念联欢活动在此举行。

东盛乡老人节联欢①

长白晚霞变早霞，

倒转花甲成甲花。

青春少年邀我舞，

征程跟步又出发。

1986 年 8 月

故乡行（十五首选六首）

济南会友

①②济南市处历山下，向称"泉城"传有七十二名泉，市内自来水源多直接取自泉水。

泉城多真水①，
历下少虚情②。
故人故心在，
故乡问征程。

应大明湖索题

③南宋大词人辛弃疾为济南市人。大明湖南岸遐园西北，1961年建辛弃疾纪念祠。弃疾号稼轩，有句："何处望神州？满眼风光北固楼。"北固楼即北固亭，在江苏镇江市长江岸，辛曾两次登此并赋有名篇。
④李清照号易安居士，其词《武陵春》中有句："只恐双溪舴艋舟，载不动许多愁。"

湖想稼轩北固楼③，
泉思易安舴艋舟④。
唯愿二杰愁写尽，
从今鲁歌无隐忧。

⑤时值中秋节前二日，登上南天门时恰见日、月正东、西相望。

登泰山南天门即景⑤

此境天生抑人生？
相遇竟在不遇中。
月观峰上观落日，
日观峰下逢月升。

登岱顶赞泰山

几番沉海底，
万古立不移。
岱宗自挥毫①，
顶天写真诗。

①岱宗即泰山，古以为诸山所宗。

岱顶夜骤寒

身似归云眠岱顶，
不测夜寒骤起风。
难阻日观峰上去，
纵目万里海浪中。

寻辛弃疾旧踪

南奔有志岱峰壮，

北归无期灵岩哀^①。

今寻幼安擒叛地，

午梦点兵呼我来^②。

①辛弃疾参加耿京的抗金起义军，根据地即在灵岩至泰山一带。耿京被叛徒张安国所害。辛弃疾勇擒叛徒，南奔于宋。不意竟不被宋廷所重，空怀恢复之志而终老江南。

②辛弃疾字幼安。其《破阵子》一词，写醉中忆昔在抗金军中之战斗豪情，有"沙场秋点兵"句。

1987 年 10 月 3 日—7 日

再访桂林（六首选二首）

再游芦笛岩

看尽乱云数尽山，
洞天终信在人间。
芦笛声唤寻者入，
逐水桃花自无缘[①]。

①芦笛岩洞外有桃花江流过，夹岸有桃树。

阳朔风景[②]

②东郎山、西郎山、大姑山、小（玉）姑山、明月山、卓笔峰，均为阳朔境内漓水两岸之风景点。卓笔峰相传为李白之笔所化，实则李白未来过此地。

东郎西郎江边望，
大姑小姑秋波长。
望穿青峰成明月，
诗仙卓笔写月光。

1988 年 4 月

咏老龙头^①

①老龙头为山海关长城尽头，城
堞碉楼入渤海波涛中。

千劫河未殇，

万代城不朽。

猛志越山海，

伟哉老龙头！

1989 年 7 月 19 日

登武当山

①武当山有七十二峰，最高者
为天柱峰，上有太和宫、金殿。

②③在天柱峰东南，俗称"犟
山"或"倔峰"，又名"外朝山"。

七十二峰朝天柱①，

曾闻一峰独说不②。

我登武当看倔峰③，

背身昂首云横处。

富春江散歌（二十六首选五首）

　　我于去冬体检发现重疾入医院治疗，今春出院赴杭州疗养。四月底病情稍苏，应邀试作富春江游。

　　近年浙江省开辟富春江、新安江至千岛湖旅游一条线，称"两江一湖黄金旅游线"。海内外游人如织，多有再加西湖、钱塘江而称"三江两湖"者。

　　作者与友人此行往返千里，不禁乘兴作短歌多篇，因不拘旧律，故以"富春江散歌"名之。

1992 年 5 月 27 日记于杭州

①②密山岛，为千岛湖较大岛屿之一。参加工程指挥的水利部已故副部长刘澜波同志遗言将骨灰撒入千岛湖内，现此岛上有刘澜波纪念亭。郭沫若同志曾来此岛，离千岛湖前赋诗题留。

③郭沫若著《甲申三百年祭》为延安整风学习文件之一。

④ 1945 年日本投降后，延安干部分赴全国各地。作者被分配参加赴华北干部大队离延安东渡黄河，当时刘澜波同志为大队领导人之一。

⑤⑥宋末方腊农民军起义于新安江一带，至今留有多处遗迹。此处指新安江北岸乌龙山。山东梁山宋江起义军投降朝廷后奉命征伐方腊，两军在此激战。

二二

密山岛上感相遇①，

澜波撒骨郭题句②。

请教再问"甲申祭"③，

黄河渡后今何夕④？

二三

对我遥指云飞处，

乌龙战垒影可睹⑤。

方腊碧血腾碧浪，

梁山易帜后何如⑥？

二四

问何如？观何如？

泪如注，心如烛。

我思河山旧图画，

我念山河新画图。

二五

思未足，念未足，
再望两台云欲呼：
严公请作任公钓①，
谢翱泪洗日星出②！

① "任公钓"：据《庄子》，任公
子为大钩巨纶，钓于东海，得大鱼，
使民足饱。谢灵运《七里濑》诗：
"目睹严子濑，想属任公钓。"
② "日星出"：谢翱《西台恸哭记》
有"化为朱鸟兮"句，朱鸟系朱鸟
星，寓文天祥《正气歌》意："天
地有正气，杂然赋流形。在地为河
岳，在天为日星。"

二六

壮哉此行偕入海，
钱江怒涛抒我怀。
一滴敢报江海信，
百折再看高潮来③！

③富春江归后，又赴海宁县盐官
镇海堤观钱塘江潮，未逢大潮已
足壮观，因应索题："壮哉钱江潮，
小览亦开怀。确知潮有信，相期
高潮来！"

1992 年 5 月 1 日至 3 日作

川北行 (十五首选四首)

抗日战争初期，我离开家乡山东流亡大后方，于1938年底进入四川，沿川北古金牛蜀道，经广元、剑门关、剑阁到达梓潼止留。1940年由此北上，经原路奔赴延安。53年后的1993年秋，沿此线重访川北故地，并顺游九寨沟，又访江油李白故里。

咏广元 (选一、三段)

一

北去过此已半世，
广元新颜惊不识。
红军碑林红军渡[①]，
巴山泪雨诉情思。

① 1932年至1935年，红四方面军在包括广元在内的20余县境内建立了川陕革命根据地。近年来，广元市收集当年红军镌刻标语、文告的各类碑碣建"红军碑林"于市郊乌奴山麓。又在嘉陵江等几处渡口建"红军渡"等纪念设施。

三

千山开放万壑改，

长街远出旧关隘。

五丁开道励新世^①，

负力失国警后来^②。

访昭化古城

一

古城昭化葭萌关^③，

满目风云思万千。

底事千年远若近？

何情万里鼓征帆？

二

两将勇彪"战胜坝"^④，

一帅兵困牛头山^⑤。

导游指点关上下，

使我一跃一喟然。

①据史载与民间传说：秦时蜀王遣勇士"五丁"劈山开道，北与秦通。缘此，陕南宁强县境内有五丁峡、五丁关。

②川陕间此古道称"金牛道"。传说秦惠王为灭蜀计，以石牛粪金并美女诱蜀王。蜀王负力沉溺财色，国衰被灭。

③昭化，周代为苴国都邑，三国时为蜀汉重要根据地。现古城残存，历代文物遗迹甚多。城北门外有"葭萌关"地名牌，古时昭化亦名葭萌。

④昭化城西门外，立有"战胜坝"地名牌。《三国演义》写张飞夜战马超于此处。史载实为霍峻守葭萌与刘璋军激战。

⑤牛头山在昭化西门外，半山有天雄关，姜维转守剑门关之前曾被魏军围困于此。

三

降将心非刀影现①，
华堂沉醉仍酣眠②。
未知几多同葬者？
费祎碑文刻痕鲜。

四

谁呼江山继耶断？
谁问生子虎耶犬③？
关索城边多感兴④，
鲍三娘墓久留连⑤。

五

史家竞论蜀起止⑥，
老农喜说红区年⑦。
南退见降一庸主⑧，
北上推倒三座山⑨！

六

滔滔嘉陵水流转，
古城身后今城前⑩。
新笔新题桔柏渡⑪，
为赋来潮阅逝川。

①②费祎墓在昭化城西门外。史载，诸葛亮死后，大将军费祎继蒋琬为丞相，相府设昭化。因久安不警，于庆新春欢饮沉醉中被曹魏降将郭循刺杀。

③《三国演义》写关羽在荆州时有言："我虎女安肯嫁犬子乎！"

④关索为关羽第三子，与妻鲍三娘共守昭化。"关索城"为其屯兵演武之处，在昭化县摆宴坝村。

⑤鲍三娘战死葬于昭化城北曲回坝鸭浮村，现存坟茔与墓碑。

⑥近年见有多文论及蜀汉兴亡，昭化为其起止。

⑦1933年6月，红四方面军进入昭化境，1936年4月占领昭化城，建立了赤化县昭化区革命政权。

⑧指蜀汉后主刘禅，即阿斗。

⑨指帝国主义、封建主义、官僚资本主义"三座大山"。

⑩距昭化古城不远，旧时有宝轮院镇，现建为昭化新城，已颇具现代化规模。

⑪桔柏渡在昭化县城东，白水江与嘉陵江汇合处，为著名古渡，有杜甫等历代名人题咏。

回京途中忆江油关

①②邓艾沿阴平道偷袭江油关，蜀汉守将马邈不战而降，其妻李氏夫人斥之，愤而自缢殉身。现江油关口仍立有李夫人旧时墓碑。

谁言马邈事已远[①]，
"不战而胜"今何年？
李氏碑对阴平道[②]，
路标分明江油关！

③平武报恩寺和江油云岩寺均有古建转轮藏。

归后值生日忆此行两见转轮藏[③]

④杭州灵隐寺飞来峰南麓有古代传说中之"三生石"，1992年作者在杭州疗养，友人导寻此石，立石上留影。

三生石上笑挺身[④]，
又逢生日说转轮。
百世千劫仍是我，
赤心赤旗赤县民！

1993年10月3日至11月5日于四川广元至北京

咏南湖船

极目长河，惊骤洄巨折！

逆风狂，浊浪恶，百舸几沉没？

念神州，心千结——此船应无恙 勿迷航，莫偏斜;

当闻警排险，岂容自损身，暗沉不觉？

驾驶者，曾是阶级先锋、民族脊梁、时代英杰。

未负　红色盘古　创世大任，

久葆　东方"安泰"①地子本色②。

看南湖，望北国——忆七月烟雨③，思六月风波④。

两番长征，重重险关重重越。

七十载过——数不尽 累累先烈骨、滚滚同志血。

征程历历昭来者——真伪明，成败决，

须察　千态万状，当经　史检民择。

而今寰宇更待——再拨疑云迷雾，净淘断戈败叶。

志无移，步无懈；信河清有日，归燕终报捷。

哦——

①②安泰，希腊神话中大力神，大地之子。
③南湖红船旁有烟雨楼，7月1日为党的生日。
④"六月风波"，1989年天安门事件。

无须问我：鬓侵雪、岁几何？

料相知：不计余年，此心如昨。

今来几度逢队日，此情俱与少年说。

紧挽臂、登船同看：电光闪处当年舵；

烟雨楼上——听万里涛声，共唱——心船歌。

1992 年初稿

1997 年 10 月修订

登绵阳富乐山①

①四川绵阳城北有富乐山，相传刘备入蜀，刘璋延之于此山，望蜀地富庶，饮酒乐甚，故命此名。近年新建"富乐阁"，巍峨雄伟，可与滕王阁、黄鹤楼相比。
②指川北蜀道剑门关内外栈道。
③绵阳城北梓潼县七曲山下古有"送险亭"，为川北蜀道南端终点。近年重新修复。
④川北蜀道上有三百里古柏，清人乔钵称为"翠云廊"。
⑤秦时蜀国勇士"五丁"开蜀道通秦，功莫大焉。秦王欲灭蜀，以"金牛"粪金并美女惑蜀王，蜀王淫靡失国，为百世之警。
⑥南宋爱国诗人陆游有句："铁马冰河入梦来"。陆曾从军陕南，多次往来于蜀道，过绵阳时有句："未甘便作衰翁在，两脚犹堪踏九州。"临终有《示儿》诗："死去元知万事空，但悲不见九州同。王师北定中原日，家祭无忘告乃翁。"
⑦陆游诗《剑门城北回望剑关诸峰》有句："阴平穷寇非难御，如此江山坐付人！"
⑧古籍记绵阳城"依山作图，东据天池，西临涪水，形如北斗"，唐严武有诗称之为"斗城"。又，绵阳城南有一湖，与浙江嘉兴南湖同名。

七秩回首望征程，

蜀道重来万感升。

少踏巴山生死路，

老耽剑栈兴亡情②。

阁起"富乐"乐初见，

亭复"送险"险未终③。

西北目坠赤星座，

东南心撼翠云松④。

曾识金牛五丁悟⑤，

还念铁马九州同⑥。

焉许雄关竟坐付⑦，

斗城夜看南湖灯⑧。

1994 年生日前作于四川绵阳

1997 年改于北京

北来海鸥①

龙门再上望无涯，

春城迎客竞新花。

北来海鸥知风暴，

落红何因告万家。

怀海涅

——纪念海涅诞生二百周年

滔滔莱茵水，茫茫昆仑雪。

举目八万里风云，回首二百年岁月。

①见海涅诗文。

"地上天国"愿①，人类解放业——不尽征程，号
角声声接。

青史展新卷，诗史揭新页：

②指海涅名作《西里西亚纺织工人歌》。

《织工曲》②，《国际歌》：遥相应，步未歇。

革命情怀战士心，为缪斯，树新则。

——卓卓早行人，浩浩后来者。

今何夕？怀先哲。

③海涅诞生于1797年11月13日，与120年后10月革命同月差数日。

诗人诞，恰逢节③。

望红旗落处忆举时，往事又重阅。

此情此心　能不问海燕，思海涅！？

谁叹人迹绝　路难测？

观潮起潮落，数星明星灭，正道沧桑固曲折。
信有相逢处，江山不负约。

曾闻狂言"终结"，咒语"告别"——堪笑一丘愚劣。
扶天倾，补地裂。
导洪流，警覆辙——自有人心、诗心坚胜铁。
唤莱茵春水，踏昆仑融雪，且看新队列！

当此时，云尚遮。
余也何幸，与诸君同诵先辈华章，再学赋新阕。
推窗催晓日，共此不眠夜。

1997 年 9 月于北京

咏黄果树大瀑布

为天申永志，

为地吐豪情。

我观黄果瀑，

浩荡共心声。

怒水千丈下，

破险万里征。

谁悲失前路，

长流终向东①。

① 瀑布水下注打帮河，汇入北盘江，曲折南下红水河，再入广东西江，东向入海。

1997 年 10 月

游黄山感怀

2014 年我年进九旬，入春一场病后，蒙友人相助，于 5 月 15 日起赴徽地疗养，乃有平生第一次黄山二日之游。

神游黄山境，

真见迎客松。

问我何方来？

万里思征程。

延水育年少，

今成九旬翁。

百惭一自豪，

未负始信峰①。

宝塔山下路，

同道偕壮行。

云海任变幻，

天都②继攀登……

①始信峰，黄山群峰之一。明代黄习远游至此，始信黄山大美奇绝，姑以"始信峰"名之。

②天都峰，黄山主峰之一。

2014 年 5 月 18 日作于黄山